因為不是真正的夥伴而被逐出勇者隊伍，流落到邊境展開慢活人生 8

Banished from the brave man's group, I decided to lead a slow life in the back country.8

ざっぽん

插畫／やすも

Kadokawa Fantastic Novels

CONTENTS

小小的仙靈。在叢林裡
與梵相遇、愛上了梵，
硬是要追隨他而加入
勇者隊伍。恣意妄為且
對人類毫無興趣，只有
梵在她心中占有特別的
地位。
劉布樞機卿
為聖方教會最高幹部的其
中一位樞機卿，身高略微
超過兩公尺的魁梧男人。
成為勇者梵的監護人，展
現勃勃的野心。
梵・涅夫・弗蘭伯格
另一名「勇者」。
故國遭到魔王軍毀滅的
亡國王子。擁有比任何人
都強烈的正義與信仰，肯
定神與加護的「勇者」。

愛絲葛菈妲，迪亞斯（愛絲妲）
戴面具的神祕傭兵。
其強大與經驗獲得青睞，因
而受僱援助勇者梵。在很多
層面都飽經風霜的勞苦人。
菈本妲

ざっぽん

插畫／やすも

因為不是真正的夥伴而被逐出勇者隊伍，流落到邊境展開慢活人生8

Banished from the brave man's group, I decided to lead a slow life in the back country.

Kadokawa Fantastic Novels

CHARACTER

雷德
（吉迪恩・萊格納索）

因為被踢出勇者隊伍而決定在邊境展開慢活人生。曾立下許多戰功，是除了露緹以外最強的人族劍士。

莉特
（莉茲蕾特・渥夫・洛嘉維亞）

洛嘉維亞公國的公主，曾為英雄的冒險者。然後現在是要跟雷德一起出遊休假而歡欣雀躍，沉浸在滿滿幸福中且傲期已經結束的前傲嬌。

露緹・萊格納索

雷德的妹妹，體內寄宿著人類最強加護「勇者」。擺脫加護的衝動後，在佐爾丹兼職當藥草農家與冒險者，過著快樂的生活。

媞瑟・迦蘭德

擁有「刺客」加護的少女。身分是殺手公會的精銳殺手，但現在暫時停工，與露緹一起準備開間藥草農園。

亞蘭朵菈菈

加護為「木之歌者」的高等妖精，能夠操縱植物。好奇心旺盛，漫長的人生由數不清的冒險故事點綴。

達南・拉博

結束療養生活，拚勁十足的人族最強「武鬥家」。無法理解慢生活的概念，純粹的肉體派。

亞爾貝・利蘭德

擁有「冠軍」加護，曾為佐爾丹英雄的男人，以愛絲葛菈妲的從者身分行動。為了向雷德等人傳達「勇者」梵的事情，目前與愛絲葛菈妲分別，先一步前往佐爾丹。

序章
神如是說

佐爾丹共和國——

自阿瓦隆尼亞王國國境東邊出發，經由大道不斷向東前進，就能來到前人未至的大山脈「世界盡頭之壁」、暴風雨，以及南洋這個大型怪物的巢穴所包圍的死胡同。

在神明肯定戰事、戰爭綿延不絕的這個世界，佐爾丹並沒有戰略上的價值，不曾被捲入重大戰役，因此十分和平。

若要提及這個國家在「勇者」的故事中占有什麼樣的地位……就是遭到放逐的王妃米詩斐雅．渥夫．維羅尼亞隱居在那塊土地上。

就只是這麼一回事而已。

維羅尼亞王宮——

在王座所在的廳堂，勇者露緹面對王太后蕾諾兒．渥夫．維羅尼亞以及當上維羅尼亞國王的伍茲克。

「就算妳是勇者，持劍闖進王座廳堂也是不容饒恕的事。」

蕾諾兒王太后的戒指上鑲有色彩豔紅的紅寶石，她將佩戴著戒指的手指指向露緹一行人。

用寶石裝飾衰老的身體，面容扭曲的惡女姿態就如同傳說中的魔女。

坐在王座上的伍茲克國王則臉上浮現竊笑。

站在他四周的維羅尼亞騎士們拔劍，以散發殺氣的目光瞪著露緹一行人。

那股殺氣讓「賢者」艾瑞斯與「刺客」媞瑟稍微退卻，「武器大師」基法王子像要保護他們倆一般架起盾牌。

「木之歌者」亞蘭朵菈菈沒有看向騎士，眼光瞪著坐鎮在王座上的伍茲克與他身旁的蕾諾兒。

失去吉迪恩之後，亞蘭朵菈菈對於魔王軍的憎惡劇烈得無論在什麼狀況下都絲毫不會消滅。

「蕾諾兒王太后，我們是為了導正妳的錯誤而來。」

勇者露緹用那雙無論面對什麼處境都不會動搖的紅色眼眸緊緊盯著蕾諾兒說。

蕾諾兒當然怒不可遏地鬼吼鬼叫。儘管如此，露緹的目光還是沒有改變。

這時，背後的門扉發出聲音而敞開。

「住嘴，蕾諾兒。」

隨著銳利的聲音，在士兵陪同下走進來的是壯年的薩里烏斯王子、帶著眼罩的高等妖精黎琳莅莅將軍，以及——

「皇、皇姊！妳不是死了嗎！」

露緹一行人用飛空艇載來的米詩斐雅就站在那邊。

「哼，我就是為了這一天才活到現在。」

「妳說為了這一天！」

「終止妳惡行的這一天啊！『勇者』啊，現在正是揭露真相的時候！」

露緹從懷裡拿出老舊的銀鏡。

「拉拉愛爾之鏡，映出潛藏的邪惡吧！」

露緹將那面鏡子對著伍茲克國王。

「啊！」

原本一派輕鬆笑著的伍茲克國王一看見鏡子就急忙把臉遮住。

然而已經太遲了。

映照在鏡子上的，是頭上長角的惡魔樣貌。

「唔、唔哇啊啊啊！」

伍茲克國王的身體冒泡、膨脹，外貌變為擁有扭曲犄角的惡魔。

「契約惡魔！」

艾瑞斯看見惡魔的真面目如此叫喊。

伍茲克國王的真面目是契約惡魔。

「噫、噫噫噫！」

蕾諾兒發出慘叫聲。

本應是自己獨子的伍茲克化為惡魔，看見此景的蕾諾兒暈厥過去。

「可惡的勇者！竟然揭穿我的真面目！」

「契約惡魔！你欺騙了蕾諾兒王太后，想要奪下維羅尼亞王國對吧！」

「說我欺騙未免太難聽了。我只不過是實現那女人的心願而已，我的體內也確實留有伍茲克國王的魂魄。不過他絲毫無法動彈就是了。」

契約惡魔這麼說並笑了出來，然後狠狠地瞪向勇者。

「不過這也都被妳這混帳搞砸了。身為契約惡魔，沒有比這更令人恥辱的了！就讓你們瞧瞧，人稱實力足以匹敵四天王的我生氣起來有多麼可怕！」

「他要攻過來了！米詩斐雅小姐，快退下！」

露緹舉起降魔聖劍，夥伴們組起陣式。

迸發的魔力所產生的火焰纏繞全身，契約惡魔襲向勇者一行人。

＊　＊　＊

這場戰鬥十分激烈。

勇者露緹收劍入鞘之後，便來到蕾諾兒身邊。

蕾諾兒仍然倒在地上，同時一直哭泣。

「蕾諾兒王太后。」

「……是。」

「惡魔已經逝去。」

「謝謝，看來我並沒有成為毀滅國家的愚妃呢。」

「妳的下場會由維羅尼亞的法律來審判。」

「想必會受到絞刑吧，我會樂於接受。畢竟我犯下了那麼嚴重的罪行……殺了我心愛的兒子。」

露緹露出看似悲傷的表情。

「勇者居然會為我這種愚蠢的人感到悲傷呢。」

「妳為妳的惡行感到後悔。」

「……我被野心支配，還失去了心愛的人。勇者露緹，請妳把我的故事告訴所有人，告訴他們這就是背叛全人類的人的結局。」

「蕾諾兒王太后……」

「還有這個。」

蕾諾兒遞了一把鑰匙給露緹。

「這是？」

「先王從暗黑大陸奪來的魔王船文狄達特的操縱鑰匙。船上還有前往暗黑大陸的航海圖。」

「！」

「飛空艇沒辦法越過魔王造出來的暴風雨。不過乘著文狄達特行進，應該就能抵達暗黑大陸才對。」

「……謝謝妳，蕾諾兒王太后。」

「勇者啊，請妳一定要拯救世……界！」

下一瞬間，蕾諾兒拔出佩在腰間的細劍，突刺勇者的胸口。

噴血的勇者表情沒有改變，然後世界失去了色彩，靜止不動。

蕾諾兒衰老的身體變成與喪命時一樣的少女樣貌，虛弱的目光變回蘊含活力、如同烈火的眼神。

「讓我看這個是想表達什麼啊？意思是說，這樣才是正確的人生嗎？」

蕾諾兒仰望天空，便看見天上有著無盡光輝。

光亮之中存在什麼物體，以人類的眼睛無法看出來。

「戴密斯。」

蕾諾兒感受到自己的眼睛遭受光輝灼燒，但她仍然瞪著至高神並叫喊。

維羅尼亞王宮消失，出現在原處的是一條路徑。

蕾諾兒一個人站在那條路上與神對峙。

看見那道光輝的人會抱持畏敬之心。

那會引發膝蓋跪地、額貼地面，想要順從對方的感情。

「受到惡魔欺騙、勇者拯救，改過自新而內心安穩地遭受處刑才是我的人生，這樣子才是幸福的結局——祢想這麼說嗎？沒用的。我對我的人生沒有任何後悔。」

然而蕾諾兒並沒有屈服。

不停違抗世界的那股精神力，就算面對神明也不會屈從。

「真是浪費時間。對我而言不需要救贖也不需要慈悲，我甚至覺得那種東西很骯髒。無論是要讓我轉生為螻蟻，還是要讓我下地獄，都隨便祢處置吧。」

蕾諾兒斬釘截鐵地這麼說。

下一瞬間——

「我心愛的孩子啊。」

戴密斯發話了。

蕾諾兒的雙耳破裂，血液迸發而出。

就算所有人類同時叫喊也不可能造成同樣的效果。

戴密斯的聲音實在過於強大，人類沒有辦法直接聆聽。

可是就算鼓膜破裂，神的聲音還是清楚地傳達給蕾諾兒。

儘管眼睛充血、咬緊牙根忍耐，蕾諾兒的膝蓋還是沒有彎曲。

戴密斯繼續說：

「我惹人憐愛的孩子啊，妳走錯了道路。」

「不，我一點錯也沒有。我不是說過我毫不後悔了嗎？」

「愚昧的孩子啊，持續徒勞旅程的孩子啊。儘管如此，我還是愛著妳。」

神的聲音滿溢著無窮盡的慈愛。

然而，蕾諾兒展露出冷笑。

「原來祢愛著我啊。不愧是神明，真是溫柔呢。不過我並不愛祢。」

蕾諾兒的意志沒有折服。

就算面對的是神，會讓自身存在因此燒成灰燼，她也不會扭曲自己的生存方式。

若去否定盡情作為惡女生活至今的過程，蕾諾兒就不再是蕾諾兒了。

如果要接受戴密斯讓她看見的，那個自稱蕾諾兒卻弱小得依靠勇者的存在，那還不如下地獄承受永恆的痛苦折磨——蕾諾兒是這麼想的。

「不對。」

神明加以否定。

蕾諾兒心想祂到底是什麼意思。

看著自己步行的一條路，蕾諾兒不禁產生疑問。

「戴密斯，祢可以回答我一個問題嗎……這條路要走到哪裡才會分歧？」

在蕾諾兒目光所及的範圍中，就只有一條路而已。

要是有地獄的話，這條路一定會在某個地方分歧。

「蕾諾兒，聰穎的孩子啊。妳所想的事情並沒有錯。」

「……難不成——」

「我的孩子們無論如何生活，走上的道路都不會改變。」

「地獄這種東西根本就不存在吧？」

「這條路會讓妳轉生為一隻獾。這也是早已注定的事情。」

「這樣的話，人的人生到底有什麼意義呢？無論善行與惡狀都順從祢加護的人們，活到現在的意義到底在哪裡呢？」

「不，我的孩子。人們的生命不會是沒有意義的。我想要救助我所有的孩子。我愛著妳啊，我的孩子。我打從心底愛著妳。」

蕾諾兒的外形逐漸崩解。

她逐漸歸返為沒有意識也沒有記憶的純粹靈魂。

儘管如此，蕾諾兒還是以殘存的智力持續考察這一瞬間所發生的事。

到了最後——

「所以是『勇者』啊。」

蕾諾兒導出一個答案。

「我的孩子啊，我祝福妳。假如妳作為『勇者』而生，一定能得到救贖吧。就只有這點令我非常遺憾。等到妳成為『勇者』來到我身邊的那一天，我再和妳好好說吧。」

蕾諾兒連嘴巴、說出的話語，還有智力都一點也不剩。

她靈魂的形體一點一滴消逝的同時，直到最後一瞬間都還持續瞪著神明。

「再見了，我心愛的孩子啊。我和伴隨妳身邊的加護一樣，一直都愛著妳。」

戴密斯環顧無止盡擴展的世界。

那裡有無窮盡的靈魂持續漂流。

在那之中，有一個特別的魂魄。

然而那個魂魄所散發的光輝和神所尋求的不一樣。

神擔心那個魂魄不會如祂的意。

所以，「勇者」走上歧路的時候，神就稍微觸碰了一下世界。

戴密斯看見另外一個魂魄成長且散發光輝，露出心滿意足的微笑。

＊　＊　＊

神的愛傾注於阿瓦隆尼亞王國南部的某間修道院。

有一名少年跪在那間修道院的祭壇前方，默默地獻上祈禱。

他是由於魔王軍而失去故國、家人遭到殺害，變得無依無靠的亡國王子。

儘管如此，弗蘭伯格國王的么兒梵・渥夫・弗蘭伯格沒有被憎惡沖昏頭，而是平心靜氣地祈禱著。

（戴密斯神，請您接受我的獻身。我會遵照您的旨意，活出該有的樣子。）

祈禱並不是去要求對方，而是奉獻己身。

梵把修道士告訴他的這句話視為座右銘。他並沒有對神要求任何回報，只是遵從神的教誨，一直奉獻著自己的人生。

想必就是因為這樣才會引發奇蹟。

某一天，梵成為了「勇者」。

加護是神所賜予之物，就如字面所示，是神的庇佑。

所以梵儘管十分訝異，卻沒有任何迷惘。

他會遵照戴密斯神的旨意，活出該有的樣子。

為了好好地擔任一名「勇者」，梵開始行動。

首先要讓教會認同他是「勇者」。

梵以聖地萊斯特沃爾大聖砦為目標，離開修道院並踏上旅程。

「勇者」梵的冒險開始了。

第一章 將慢生活傳達出去吧

我和莉特在城鎮外郊的林木間並肩行走。

春天溫煦的陽光從樹葉間隙落下，風也挾帶著花香吹拂而來。

看見愉快微笑的莉特，我的臉頰也不禁鬆緩下來。

真是和平的時光。

「我們摘了好多蘋果呢！」

莉特看起來很高興地說。

她兩手抱著的籃子裡裝了在森林裡採集的棕蘋果。

蘋果通常都在由秋入冬的時期結果，不過棕蘋果在春天成熟。

其實各種蘋果相似的只有外觀與味道，以植物分類來說是完全不同的品種。不過以前的人看見這種結果季節與其他品種不同的紅色果實，就覺得是「貪吃的仙靈小棕仙為了不讓蘋果在冬季結果而騙了蘋果樹」，取了「棕蘋果」這樣的名字。

棕蘋果的味道比蘋果甜一點點，可以直接吃、做成果醬，或者釀成蘋果酒，是佐爾丹平民區熟知的春季食材。

「洛嘉維亞沒有棕蘋果，所以我很期待喔！」

莉特窺視籃子裡的棕蘋果並笑了出來。

這樣我就得做出配得上她期待的菜色才行……我思考著利用棕蘋果入菜的餐點。

有蘋果派、蘋果濃湯，應該也可以做搭配蘋果醬汁的肉類料理吧。

＊　＊　＊

建國以來首場戰爭結束後的佐爾丹取回原本的立場，也就是無趣的邊境。

戰爭剛結束的時候，商人們的貿易船舶頻繁地出現於港口；不過現在已經沒有那麼熱絡，就像以往一樣，頂多只有定期船會來。

因為戰勝而洋洋得意的市民們也隨著季節入春、工作變多而靜下心來，一臉嫌棄地開始工作，或者偷懶懈怠。

現在也看得見有個男人坐在未經耕作的農田前方，一口一口地吸著菸草。

他應該是覺得今天來到田邊就算工作結束，明天才要認真工作吧。

我沒有在吸菸，不過看他吸得很幸福的樣子，讓我湧起了一點興趣。

不過……我看向身邊的莉特。

「那個人在偷懶耶，真有佐爾丹的調調。」

莉特這麼說並點了點頭。

想到我跟莉特生活在一起，而且總有一天會生下我們倆的孩子的話，我果然還是不能吸菸哪。

「只要莉特在我身邊，我就很幸福了。」

「你、你怎麼突然講這個啊。」

莉特既驚訝又害羞。

「雷德有時候真的會忽然講些奇怪的話耶……不過我也一樣，有雷德在身邊就很幸福喔。」

莉特用圍繞在脖子上的方巾遮掩上揚的嘴角並這麼回覆我。

佐爾丹流淌著和平又幸福的時光。

* * *

隔天——

我帶著裝滿棕蘋果果醬的瓶子，前去露緹的藥草農園。

「雷德哥哥！」

「坦塔。」

半妖精少年坦塔卸下肩上的大背包，然後對我揮揮手。

那是木工道具嗎？

「早安，雷德哥哥！」

「早，你現在要去岡茲那裡嗎？」

坦塔露出白牙笑了出來。

「是啊！我從今天開始，每天都要在岡茲那邊工作！」

「終於到了這一天啊。恭喜你，坦塔。」

「嘿嘿，謝了！」

去年春天，坦塔罹患白眼病，處於極有可能失明的狀態。

被逐出勇者隊伍、想在佐爾丹這個邊境過起慢生活的我，那一天久違地拿出真本事，打算拯救坦塔。

我運用「雷光迅步」在夜晚的街道上奔馳，在亞爾貝與鴞熊的戰鬥所引起的山林大火中收集特效藥的材料——血針菇。

真的差一點兒就要來不及了。要是坦塔晚了一天才罹患白眼病，或者岡茲找了別人而不是要我去採集藥草的話，血針菇就會全部燒光，使得坦塔永遠失明吧。

「那我先走了，雷德哥哥！不能在外面偷懶太久喔！」

「哈哈哈，你真嚴厲耶。不過我早就打算悠悠哉哉地過日子了啦。」

「真是的，雷德哥哥也是個如假包換的佐爾丹人了呢！」

坦塔用力揮揮手，然後便跑走了。

「這樣啊，坦塔也要開始工作了啊。」

小孩會在年長者別開目光的時候迅速成長。

坦塔稍微長高了。

從那少年的面容中，可以隱約窺見半妖精成人男性會展現的英勇氣質。

他把裝有許多道具的背包揹在肩上，以輕快的步伐跑著。

一想到我就是因為那天待在這個城鎮，才有辦法遇見今天的坦塔，不知怎麼地就讓我現在感到很驕傲。

我覺得坦塔能夠得救真是太好了。

回想起來，就是因為拯救坦塔拿到的報酬讓我擁有朝思暮想的店舖，才能從那一天起開始我真正的慢生活。

＊　＊　＊

露緹的藥草農園──

「看起來好好吃。」

「是蘋果果醬啊，真令人期待。」

露緹和媞瑟望著瓶子裡的紅色果醬說。

「能讓妳們高興真是太好了。」

「哥哥做的菜很好吃，所以送給我們當作禮物會感到高興很理所當然……今天要開果醬派對。」

儘管表情只有些微波動，不過她們倆都開心地喧鬧起來。

雖然她們是人類最強的前勇者與世界最頂尖的殺手，同時也是吃到甜食就會開心的少女。

「藥草也長得滿好的呢。」

我環視露緹的農園這麼說。

「嗯，我有照哥哥教我的好好努力。」

「差不多該認真建立販賣管道了呢。」

「販賣管道。」

露緹的藥草農園搖曳著各種春季藥草。

再過幾天應該就可以收成了吧。

「第一個銷路就是我的店鋪吧。收成之後我會來採買喔。」

「……嗯。」

露緹再次開心似的露出微笑。

不過看在我眼裡，她現在的表情展露的情感和以往的開心並不一樣。

那一定出自於成就感吧。

並不是作為勇者，而是單純以露緹的身分，以自己期望的工作來維生。

也就是說露緹可以做自己，以原原本本的自己過完接下來的人生。

「也去找商人公會、佐爾丹的診所，還有會經過村子的行商談談看吧。」

「嗯……哥哥也會陪我一起去嗎？」

「會，畢竟我是商人公會的會員……也是在佐爾丹這裡過著慢生活的前輩啊。」

「哥哥前輩。」

露緹看起來覺得很有意思地這麼說。

「哥哥前輩……這講法真不錯。」

那種說法好像有什麼地方觸動了露緹的心弦，促使她重複說了好幾次。

「對了。」

露緹忽然露出十分認真的表情。

她一下子轉了個方向，改成面對媞瑟那邊。

「怎、怎麼了，露緹大人？」

「媞瑟。」

「是。」

「謝謝妳。都是因為有妳陪我，才會這麼順利。」

媞瑟霎時間感到很驚訝，隨後便笑了出來。

「嗯，能和露緹大人一起照顧這座農園，我也很開心喔。」

「嗯，很開心。」

兩人之間沒有爭戰，露緹和媞瑟度過和平的時光。

＊　＊　＊

接下來順便多繞去一個地方吧。

我前往位於中央區的醫院。

「那位先生嗎？他應該在公園裡頭運動。」

我對櫃檯的護理師道謝之後，移動到醫院附近的公園。

中央區的公園和平民區裡頭的森林不一樣，有好好地經過修整與維護。

佐爾丹人不會覺得公園本來就該這樣，能偷懶就偷懶才是佐爾丹人的本性。這座公園會維護得很好其實出自於管理人的熱情，因為他的興趣就是修整與維護公園。

孩子們在公園裡頭玩著鬼抓人，地面上沒有會讓孩子受傷的大石頭。

佐爾丹就是以這種少數的熱情撐起來的。

「找到了。」

「武鬥家」達南在公園裡頭沒人待著的矮樹叢那邊。

知曉他平時熱烈的性格就難以相信他現在的表情有多麼平靜，而他正以輕鬆自在的動作鍛鍊招數。

「你看起來狀態挺好的呢。」

「是啊。」

達南的動作沒有中斷並且加速。

他踏穩地面踩出聲音，同時刺出左拳。

就算知道那拳打不到我，還是令我背脊發寒。

「差不多能使出八成功力吧。不過呢，之後一邊打一邊恢復就行了。」

「剛才那樣還不是全力啊？」

這位武鬥家真是強得可怕。

「達南，我做了棕蘋果果醬，要不要為醫院的供餐加點好料？」

「哦哦，那可真是感謝。畢竟你做的料理都很好吃嘛。」

達南看起來很高興地這麼說。

「想到沒多久後就吃不到，就覺得可惜呢。」

「這樣啊，你差不多要離開佐爾丹了吧？」

對抗阿修羅惡魔錫桑丹時所受的重傷也痊癒了，達南沒有理由再留在佐爾丹。

「真令人寂寞呢。」

「那你就跟我一起走吧，把魔王軍那些傢伙殺個爽快。」

達南毫不猶疑地這麼說。他應該是真的無法理解慢生活這種生活方式的類型吧。

我苦笑的同時，覺得達南那樣的生活方式也很美好。

「我已經決定要和莉特在這裡經營藥店。」

「真是可惜。」

達南沒辦法理解慢生活。

然而，他是可以認同「世上有著自己無法理解的價值觀」的男人。

「那我把魔王做掉之後會再來玩，到時候你要請客喔。」

「好，我會讓你喝到佐爾丹最美味的酒。」

「嘎哈哈……唔嗯。」

這時達南的表情變得很正經。

「怎麼了？」

「沒什麼，只是覺得既然有什麼最美味的酒，離開佐爾丹之前沒有跟你喝上幾杯的話，就會讓人很在意啊。」

「說得也是。那就慶祝你出院來喝幾杯吧。」

「哦，你說話要算話喔！我住院的時候可是一直節制，現在很會喝喔！」

「……我手頭沒有像以前那樣寬裕，喝到後面的時候麻煩你喝普通的酒就好。」

「嘎哈哈，真不像個男人！」

達南用力拍了拍我的背。

這樣很痛，拜託別拍了啦。

「還有一件事。」

「什麼，還有啊？」

「對，跟你道別之前一定要做好這事情。」

「……什麼事？」

「吉迪恩，再跟我過招一次。」

達南目光筆直地注視我並這麼說。

* * *

「所以你答應了？」

「對。」

莉特驚訝地睜大眼睛。

我一邊覺得莉特可愛的驚訝模樣引人發笑，一邊為留下來顧店的她泡茶，把茶放到桌上。

「來，請用。」

「謝謝。」

雖然效果不像以技能製作的藥物那樣具戲劇性，但這茶裡頭添加了能夠平定心神的香草。

莉特「呼」的一聲嘆氣，放鬆雙肩的力道。

「雷德為我泡的茶總是很好喝呢。」

「因為裡頭蘊含愛情啊。」

自己說出這種話導致自己害羞。

稍微換個講法應該會比較好吧。

「不過真沒想到達南跟雷德要過招呢。」

「畢竟他都說離開佐爾丹之前一定要完成這件事，還特別拜託我嘛。這點小事就如他所願吧……因為達南是我們的夥伴。」

「雷德你沒有勉強自己的話就沒關係……可是你會贏嗎？」

「武鬥家」達南。

在勇者隊伍中，要是問我除了露緹以外誰是最強的人，我應該會說是達南吧。

達南靠他自己一個人就壓制住那個阿修羅惡魔錫桑丹。就算沒有艾瑞斯插手，他應該也能得勝才對。

假如問我、蒂奧德萊、媞瑟與艾瑞斯做不做得到一樣的事，答案是不可能。

在遺蹟對戰的那個錫桑丹就是那麼強。

「論輸贏的話，我沒勝算啊。」

「嗯～想想也是……」

「不過我跟達南過招並不是為了殺死對方，也不是要競爭。目的不在輸贏，而是在別的地方。」

「別的地方？」

在受到加護支配的這個世界裡，相互殘殺有如家常便飯。

除了尚未觸及加護的幼兒以外，從未殺戮過的人幾乎不存在。

木匠岡茲、家具工匠史托姆桑達、紐曼醫生，還有黑輪攤的歐帕菈菈……就連那些安穩過著每一天的人們，都會殺死怪物來提高加護等級。

我覺得正是因為如此，單純的過招才十分重要。

不殺就不會提高加護等級，過招不會對加護有任何影響。

有許多戰士覺得：有閒工夫進行沒意義的戰鬥，不如去狩獵怪物來提高加護等級。

「戰鬥技術並不是為了加護而存在。」

「這點我也明白喔。師父的口頭禪就是劍中蘊含哲學。」

莉特的師父——洛嘉維亞公國近衛兵隊隊長蓋烏斯。

在軍事大國洛嘉維亞公國菁英雲集的近衛兵隊中身任隊長，也是在莉特小時候就負責教育她的重臣。

他的劍術想必也相當出類拔萃吧。

「我也想跟蓋烏斯先生過招一次看看呢。」

「嗯……這樣的話，要不要跟我過招？」

莉特把身子探過來，讓她的臉靠近我的臉龐。

美麗的天藍色眼瞳近在咫尺，讓我不禁為之心動。

「跟莉、莉特？」

「仔細想想，我根本就不曾跟雷德過招嘛！」

「確實。」

「你曾經跟其他同伴過招過吧？」

「我不曾跟專精魔法的艾瑞斯還有我離隊後加入的媞瑟過招過……但是跟其他人倒是有過呢。」

「既然這樣，就跟我過幾招嘛！」

「呃，可是啊……」

我「嗯——」地低吟一聲。

一般來說，過招都會用上慈憫魔法或是魔法藥水。

那是為了在不傷及對手的狀況下捕捉對手的魔法，如果施加在武器或自己的肉體上就沒辦法傷害生物。在這種效果下就算用上武器也可以毫無顧慮地全力戰鬥。

然而就算不會傷到對方，痛楚還是會襲向對手。如果受到的是會致人於死的攻擊，還會痛得讓人暈厥過去。

身體虛弱的人甚至有可能會休克而死。

就算不會令人受傷，但我有辦法對莉特揮出會造成那種痛楚的劍刃嗎？

「不，我沒辦法吧。」

「咦～」

莉特噘起嘴巴抗議，不過辦不到的事就是辦不到。

「會讓莉特痛苦的話，我就沒辦法揮劍。」

「嗯～你這麼說的話，我應該也很難動手吧。感覺不管怎麼樣都會有所猶豫。」

「如果我們都還是騎士吉迪恩、英雄莉特的話，應該就有辦法全力戰鬥了吧。」

「現在的我們沒辦法啊……」

我們相視露出苦笑。

住在佐爾丹的雷德與莉特並不是戰士，而是隨處可見的和平且幸福的情侶。

＊　＊　＊

雖說如此，要跟那位有如武術化身一般的達南過招，我不能什麼準備都不做。

我站在家中的院子裡以銅劍擺起架勢。

假想達南的身影使出幾招劍術，進一步淬鍊我的動作。

「喝啊啊啊！」

我隨著吆喝聲提高劍速。

在極限速度下咬緊牙根揮得更快，快到超越意識顯現的速度。

「……唔！」

我在揮到底的時候停下劍刃。

汗水一下子悉數噴發，打算冷卻發熱的身體。

「……退步了啊。」

遠離戰鬥、沒有好好每天鍛鍊的話，技術當然會變得遲鈍。

「保持現狀說不定會讓達南大失所望啊。」

我果然不想那樣。

我含下一口水壺裡頭的水，慢慢地喝下去。

「還剩幾天……只能鍛鍊一番了。」

我再次架起銅劍施展招式。

＊　＊　＊

隔天早上——

「早安啊，雷德！」

店門敞開，如同鈴鐺滾動般的開朗美聲傳了進來。

「亞蘭朵菈菈，早安。」

進入店裡的是高等妖精亞蘭朵菈菈。

她筆直地朝我這裡走來。

「怎、怎麼了？」

「森林裡的樹木跟我說了喲！聽說你要跟達南戰鬥？」

「不愧是『木之歌者』，都瞞不過妳呢。」

亞蘭朵菈菈有操縱植物的力量。

假如有什麼事要隱瞞她，就必須不讓任何植物看見才行。

不過我沒打算隱瞞要跟達南過招的事就是了。

「這樣的話，就輪到我出馬啦。」

「咦？」

亞蘭朵菈菈抓住我的肩膀，以閃閃發亮的目光看著我。

「做好跟達南過招的準備、找回戰鬥的直覺，最好的方法就是跟我特訓喲！」

「咦……是這樣嗎？」

「不管怎麼想都是吧！」

我身旁的莉特緩緩地把如此斷言的亞蘭朵菈菈從我身邊拉開。

「可是亞蘭朵菈菈的『木之歌者』主要是運用精靈魔法吧？」

莉特的話語讓亞蘭朵菈菈發出竊笑。

「呵呵，別看我這樣，我可是某個武術流派的鼻祖呢。」

「武術流派？不是吧，就算妳再怎麼長壽也不會……」

莉特會懷疑也不是沒道理。

從亞蘭朵菈菈平時的行為舉止看來，根本就不會把她聯想成大陸中流傳的一大武術流派鼻祖吧。

「不過這是真的喔。亞蘭朵菈菈是蓮華流棒術的創始人。」

「咦咦咦！我也知道那個流派！」

莉特驚訝地看著亞蘭朵菈菈的臉龐。

似乎看不出亞蘭朵菈菈溫柔笑著的面容有武術家的一面。

她還是一臉「這是開玩笑吧？」的表情。

可是這是真的。

蓮華流是有公開武術典籍而廣為流傳的流派。

包括冒險者與村莊義警在內，在這片大陸的各國當中受到廣大的庶民族群利用。如果把支派也算在內，就算說是最多人學習的武術流派想必也不為過。

只要準備一根木棍便能運用的方便性，還有雙手持棍的技法可以應用在雙手劍與長槍的特點，使得這種流派也被軍隊用於基礎訓練。

其武術理念是讓任何人都能夠變強，不像達南那樣是以自身成為最強為目標。

這便是亞蘭朵菈菈的武術。

「哇～真令人驚訝。」

坐到椅子上的莉特一副打從心底吃驚的模樣。

「原來亞蘭朵菈菈很有名啊。」

「除此之外還有統御海軍、建立傭兵團拯救故國、撰寫藥草學書籍等，亞蘭朵菈菈真的擁有許多成就呢。」

我的話語讓亞蘭朵菈菈得意地挺胸。

「我只是把我想做的事情全都做一遍，而且有一點點容易全心投入。」

「妳只是有點投入就能達成幾項名留青史的偉業，這樣還用『一點點』來形容的話，不就讓其他全心投入的人沒臺階下了嗎？」

「哈哈哈……我們言歸正傳。在跟達南過招之前，你就跟我一起特訓吧！」

亞蘭朵菈菈光是靠興趣就能成為武術流派的鼻祖，這樣的她當然也很喜歡特訓。

「特訓啊……確實，要找回戰鬥直覺的話，跟強大的對手一起特訓是最好的。應該沒有人比亞蘭朵菈菈更適合一起練吧。」

和達南過招時，想必會是沒有魔法也沒有射擊戰，由劍與拳頭構成的一場戰鬥。

「嗯——我也要跟雷德特訓！」

莉特噘起嘴巴說。

「雖然我沒辦法跟雷德對打，但我可以給予戰鬥上的建議，或者幫忙擦汗等各式各樣的事！」

「嗯，莉特在我身邊的話，我當然會更安心喔。就算是嚴苛的特訓，跟喜歡的人一起度過的話就能樂在其中。」

「對吧！那就這麼決定嘍！嘿嘿嘿。」

看見莉特開心笑出來的模樣，我也覺得很欣慰。

「嗯嗯，我就覺得莉特會這麼說。」

亞蘭朵菈菈一臉滿足地點頭，同時接著繼續說：

「所以，關於這次的特訓，我打算在佐爾丹外頭的一座森林裡頭露營集訓。」

「露營集訓啊？讓我回想起騎士團時期的野營訓練呢。」

「現在的雷德需要精神面的砥礪。要找回在和平的日子中退步的技術，並非一朝一夕就能達成，不過你內心應該還是獲得了跟吉迪恩時期不一樣的強大才對。」

「說得也是。我有許多東西是成為雷德之後才得到的……說起來，格夏斯勒也曾說過呢。」

與蕾諾兒王妃之間的騷動中，和我戰鬥過的阿修羅惡魔格夏斯勒。

儘管那傢伙作為人類王子度過一段安穩的日子，他仍然變得更為強大。

「就算變回還是吉迪恩的我，我也沒辦法贏過達南。既然如此，那就把目標放在雷德的強大，以此來特訓吧。」

「沒錯、沒錯，就是要樂觀向前看！」

只能透過殺死對手來進一步成長的加護，決定了在這個世界上的強大程度。

達南在我以往見過的許多戰士之中，是最受到自身加護所愛，同時也愛著自身加護的男人。

「武鬥家」這種加護平凡無奇，他的實力卻能壓過其他武鬥家系高階加護持有者，想必正是因為他和他的加護十分搭配。

「武鬥家」的理想形式就是達南這個男人。

至於要挑戰那樣的達南的我，加護是「引導者」。

這是除了一開始就很強以外沒有任何長處的加護。既沒有固有技能，跟我也不投緣，可說沒有什麼用途。

可是莉特對我說過，我以「引導者」身分走過的人生不會沒有價值。

與我為敵的格夏斯勒對我說過的話，以及我最心愛的人——莉特對我說過的話。

他們都希望我不是認同加護，而是認同我這個人本身的強大。

「回想起來，來到佐爾丹之後體驗了各種事情呢。」

我現在也完全無法預見自己有辦法贏過達南。

儘管如此，我還是想要以生活在佐爾丹的雷德這個身分，試著使出相應的力量與那位最強的「武鬥家」拚搏。

＊　＊　＊

兩天後的早上——

我在店鋪入口垂下「本日休業」的牌子。

然後我貼了一張告示。

「『本店休業三天』，這樣就好了。」

「我這邊也準備好嘍。」

莉特將帳蓬等物品收進道具箱後說。

「在佐爾丹可以隨意打烊還真不錯呢。」

「畢竟大家一般都會以『因為今天春季的氣候很好，沒心情工作所以休息』之類的理由打烊嘛。」

「在其他城鎮的話，感覺會被人抱怨；不過佐爾丹人會覺得沒心情工作是無可奈何的事，一笑置之……儘管我一開始很困惑，但現在也已經完全習慣了喔。」

我們高聲大笑之後，前往與亞蘭朵菈菈約好的會合地點。

「雷德！」

亞蘭朵菈菈已經抵達約好會合的廣場。

「我們已經稍微提早一點時間出門了，不過亞蘭朵菈菈妳來得更早啊。」

「嗯，我從昨天晚上就開始等了。」

「咦？」

我不禁回問她，不過亞蘭朵菈菈的口氣不像在開玩笑的樣子。

以高等妖精的感覺來說，難道等一晚沒什麼大不了的嗎？

「因為我真的很期待今天嘛。」

亞蘭朵菈菈這麼說，看起來很開心地笑了出來。

後來馬上又有兩個人影來到廣場。

「哥哥。」

「雷德先生、莉特小姐、亞蘭朵菈菈小姐，早安。」

「早啊，露緹、媞瑟。」

她們是身穿野外用裝扮的露緹與媞瑟。

露緹小跑步地來到我身邊。

「哥哥，你等很久了嗎？」

「沒有，我們也才剛到。」

「唔呼～」

露緹滿足似的點點頭。

看來露緹想要跟我有這樣的對話，才刻意抓在我抵達後的下一刻過來。

她是看了小說之類的東西嗎？

而且，她能以秒為單位來預測我的行動——

這麼思念著哥哥真的好可愛！

媞瑟又以「咦～」這種微妙的表情看著我，不過露緹很可愛是無庸置疑的事實，所以一點問題也沒有。

「與哥哥的特訓，真令人期待。」

露緹與媞瑟也會同行參加這次的特訓。

畢竟是離開佐爾丹三天的特訓，我不希望把露緹排除在外。

「竟然想跟露緹大人做戰鬥訓練……雷德先生真是有勇氣呢。」

媞瑟十分佩服我。

露緹是最強人類，就算不使用魔法或者「Sin」的技能，單以劍術就擁有遠遠超過我的實力想必是事實。

「不過教導露緹劍術的人可是我喔？師父和徒弟一起訓練沒什麼不可以的吧？」

「沒錯。哥哥是我的師父，我會很強都是因為有哥哥。」

露緹抬頭挺胸，表現得比我還要得意。

「雷德先生與露緹大人的劍術確實有類似的地方，但是術理差距挺大的呢。」

「畢竟露緹是天才嘛。她有把我教她的巴哈姆特騎士團流劍術融會貫通，改變為自己的劍法。」

教導露緹劍術的時光，我現在仍舊歷歷在目。

理應沒有拿過劍的露緹接二連三地吸收我的教誨。

身為巴哈姆特騎士團副團長，我教導過許多騎士劍術，可是從未遇過領悟力像露緹那麼好的學生。

光只是教她一次就能學會基礎，教她兩次的話就會舉一反三。

教她第三次的話，她反而會指出我技術上有什麼問題點。

我在對抗魔王軍的戰鬥開始後才教導露緹劍術，不過在艾瑞斯加入夥伴行列、眾人離開王都的時候，露緹已經成長為就算開一間劍術道場也不會劣於他人的高手。

「我與哥哥之間的回憶，每一字每一句、每一舉每一動我都記得。所以哥哥教我的事情特別容易理解。」

露緹又得意地挺起胸膛。

真可愛。

然後媞瑟的嘴型再次橫向拉長，擺出「咦～」這樣的表情。

「啊，最後一個人好像也到嘍。」

莉特對感情融洽地聊著天的我們搭話。

轉過頭去，便發覺一位右邊袖子飄曳，遠觀也能看出其身軀經過千錘百鍊的魁梧男人朝我們走來。

「喲。」

那個男人……達南面露竊笑。

「沒想到達南這個要過招的對手也要跟著一起特訓呢。」

莉特像是覺得很有趣似的這麼說。

在這次特訓的最後一天，我跟達南會在這座森林裡過招。

的確，為了與達南比拚，我才進行特訓，找達南一起過來說不定有點奇怪。

不過我跟達南過招的目的並不是要超越對手來取勝。

「早安，達南。還有恭喜你出院。」

「謝啦。你要特訓還真是不錯。我住在醫院裡那麼久身手都鈍了，恰巧需要好好鍛練一番。」

達南看起來很開心……真的很開心似的露出白牙而笑。

亞蘭朵菈菈也喜歡特訓，不過在我們之中最喜歡特訓這種概念的人當然還是達南。

對於整個人就是武術化身的他來說，特訓是用來變得更強的手段，同時也是最棒的娛樂。

他這個男人會做出「累得半死就特訓來打起精神」這種莫名其妙的事情。

「既然大家都到了，我們就出發吧。」

亞蘭朵菈菈看著我們的模樣，很開心地笑了出來。

＊　＊　＊

離開佐爾丹的城門，我們在大道上行進。

佐爾丹周圍擴展開來的綠色草原上，有著由於春天的好天氣而綻放，色彩繽紛的小小花朵。

儘管不像經過品種改良的觀賞用花卉有著大片花瓣，但我覺得草原上綻放的花朵沐浴在陽光下，讓朝露發亮的模樣充滿活力，顯得十分美麗。

「亞蘭朵莅莅已經幫我們找好特訓地點了吧？」

莉特的這番話讓走在最前面的亞蘭朵莅莅點點頭。

「沒錯，再稍微走一下就會抵達的森林裡頭有個很舒適的地方。那裡有條小河，附近的樹木也不太密集，用來活動筋骨最適合了。」

「會不會也很適合吃便當啊？」

「那當然！那裡也非常適合野餐喔！」

特訓地點是亞蘭朵莅莅推薦我們的地方。

我們一旦要認真特訓，就會想避開有其他人在的地方。

前勇者隊伍的特訓景象對一般人來說刺激太大了。

「嗯，不僅離每個村莊都很遠，而且裡頭還有森林女王，知道那座森林的人都不敢靠近喔。」

「森林女王？」

「你們到了就知道嘍。抵達之後去問個好吧。」

亞蘭朵莅莅以享受小祕密一般的語調說。

森林女王？

如果有凶惡的怪物，公會應該會釋出討伐委託，但我沒聽說過類似的事情。

也就是說那並不是會加害於人的存在吧。

會不會類似之前遇過的溫蒂妮那種仙靈呢？

「雖然也有不好相處的地方，但她基本上是個好孩子，就當成小小的娛樂吧。」

「那我就好好期待嘍。」

過著慢生活卻有些許刺激。

我享受久違的小旅行。

＊　＊　＊

我們在流淌於森林中的小河旁邊搭帳篷。

「哼哼──♪」

莉特在帳篷支架上把布拉開的時候哼著歌。

她心情很好呢。

「好，這裡弄完了。」

「我這邊也ＯＫ嘍。」

我們看著剛搭好、最多可以容納十人的大型帳篷，沉浸在成就感中。

「有必要搭這麼大的帳篷嗎？」

「媞瑟、達南，看來你們也搜集好柴火了呢。」

「是啊，如你所見。」

媞瑟揹著的袋子裡裝滿木材，達南則以左手食指指尖頂著高達三公尺的柴火高塔……而且都沒用繩子綁住。

「這種特訓可以鍛鍊平衡感與施力，還不錯吧？而且掉到地上的話就要收集散落一地的柴火，然後再搭起來喔。這可是很需要集中力的。」

「……真有達南的風格呢。」

「是啊。」

結束漫長的住院生活，達南或許也有點浮躁了吧。

他的舉動比以往更詭異一點。

「哥哥。」

「啊，露……緹。」

站在一邊的是露緹。

她雙手的每根手指都頂著跟達南一樣高的柴火。

合計數量是達南的十倍。

「你看，我也可以。」

我已經無法理解是什麼樣的力學原理，才能讓柴火保持高塔的形狀而不會崩塌。

「露緹真厲害耶。」

「嗯哼！」

露緹仍然讓大量的柴火高塔保持奇蹟性的平衡，靈巧地表達她的喜悅。

「不愧是勇者大人……不對，現在不是勇者大人了啊。真不愧是露緹呢。」

達南感嘆而笑。

「好，那我再去搜集點柴火！」

「不不不，你們已經搜集太多了啦！」

我急忙阻止打算再去搜集柴火的達南。

＊　＊　＊

「好了，帳篷也搭好了，差不多該吃中飯了吧。」

帳篷、以不會熄滅的火力微微燃燒的篝火、放鍋子的鐵環，以及裝了水的桶子。

旁邊有小河的流水，所以不用擔心水源。

食材大概有三天份。

有肉、蔬菜與蛋等各種材料。

我會說大概三天，是因為其中一餐打算釣河裡的魚來鹽烤。

不過那個明天再弄也沒關係吧。

「如此這般，特訓的第一餐是吃便當。」

「「哦哦！」」

莉特與露緹發出歡喜的聲音。

「雷德做的便當啊？應該也有我的份吧？」

「那當然。」

「那可真令人期待！」

我在地上鋪上布，在布上排好便當盒。

「今天的菜色是麵包、香腸、葡萄乾紅蘿蔔沙拉、火烤鮮蝦、香煎鴨肉，還有甜點巧克力蛋糕。」

「還真豪華耶。既然能煮得這麼豐盛，旅行的時候怎麼不弄這些？」

「別強人所難了。因為是過半天就要吃的便當，才有辦法做出這些菜色喔。」

而且我做菜的手藝比旅行的時候還要好上許多。

那時在野外沒有什麼材料，還有必須把烹調時間壓到最短的條件，目的是在種種限制之下盡可能做出好吃的菜色。

現在的目的則是花上許多時間，也要做出會讓莉特與露緹說出好吃的菜。邊境的物流交易並不繁盛，不過佐爾丹水源豐沛，也有海洋、河流與高山，食材相當豐富。

假如在佐爾丹河床觸底的魔王船文狄達特那種船也能被人類製造出來，以致於能在全世界的海洋安全航行的話，佐爾丹或許也會繁榮起來吧？

不過那是遙遠將來的事情，現在的我就算想那些也無濟於事。

「這個沙拉好好吃！」

「真好奇蝦子上抹的醬料是什麼，風味挺不錯的呢。」

「哥哥做的菜一直都很好吃，不過這個便當更加美味。」

「這麵包用了椰子油吧？跟平常吃的不太一樣，是會讓人開心的風味呢。」

莉特、媞瑟、露緹與亞蘭朵菈菈各自對我做的菜讚不絕口。

看見她們吃得很開心的模樣，做出這些菜的我也高興起來。

「好久沒有像這樣齊聚勇者隊伍了哪。」

達南啃咬香腸，像是很感慨一般地說出這樣的話。

「艾瑞斯和蒂奧德萊不在就是了。」

「畢竟艾瑞斯死了嘛……話說你看報紙了嗎？」

「嗯，我看了。」

一對一打倒魔王軍水之四天王亞托拉，使其重傷撤退的神祕傭兵愛絲葛菈妲。

「那是蒂奧德萊吧。」

「達南你也那麼想啊？」

資訊傳播到佐爾丹這個邊境的速度很慢。

前天報紙上刊載的那場戰事，好像是兩個月前的冬天發生的事情。

覆面騎士愛絲葛菈妲。

使用長槍與法術，不知來歷且充滿謎團的女騎士。

「我不覺得這片大陸上還有其他能打倒四天王的戰士。如果有那麼厲害的長槍手，早就出現在更久之前的戰場上了。」

「要是有那樣的戰士，我應該也會去試著招攬看看吧。」

「能打倒四天王的戰士要是成為夥伴，旅途應該也會輕鬆一點吧。」

「是啊，畢竟我們旅途的目標一直都是要打一場前所未見的勝仗嘛。」

「一開始對戰的土之四天王戴思蒙德真的不好應付啊。我們好像落到得逃跑好幾次的下場吧？」

「總共逃了三次。第四次對戰的時候，我們讓周遭的土壤全數結凍，好不容易才把他打倒。」

「取回遭到魔王軍占領的國家、打倒魔王軍四天王、找出傳說中的聖劍，全部都是我們最先達成的。」

我們的旅途經常遇上前人未曾經歷的戰鬥。

要打贏沒人能贏過的對手、探索沒人調查過的遺跡、拿到沒人拿過的祕寶……

「以後應該會有所變化，不過現在能跟四天王拚搏的除了露緹以外，頂多就是我和蒂奧德萊了吧。」

「我待在騎士團的時候也看過幾名各國的英雄，不過現在的達南還有蒂奧德萊可是相當出類拔萃喔。而且愛絲葛菈妲帶在身邊的從者好像是右手臂裝載義手的劍士，那應該是亞爾貝吧。」

「原來是他啊。說起來我還沒好好答謝他救了我的事情。」

「他是在你輸給錫桑丹與艾瑞斯，差點死去的時候救了你嗎？」

「那時在場的人全都比亞爾貝強上許多。可是他沒有逃跑，還打算救我。明明實力不怎麼樣，精神力倒是挺強的。」

在佐爾丹這裡與亞爾貝戰鬥，也已經是半年前的事情了啊……

與附在畢格霍克身上的契約惡魔聯手，心懷陰謀的亞爾貝或許在遇見蒂奧德萊之後變了一個人吧。

「不，不只那樣喔。」

「嗯？」

達南看見我的表情後搖了搖頭。

「我不知道亞爾貝以前如何，不過我聽說他在遇見蒂奧德萊之前輸給你，也是讓他變了一個人的原因。」

「……或許是吧。」

「勝利會成為向前邁進的力量，敗北會成為找出新道路的力量。」

「達南會說出這樣的話還真稀奇耶。」

「我本來可是道場主人喔？總是要會幾句教導別人的話嘛。」

達南高聲大笑。

然後他把香煎鴨肉放進嘴裡。

「果然好吃！」

「謝謝誇獎。」

我也吃起沙拉。酸味調得很棒，連我都佩服自己做得出這麼好的沙拉。

「離開佐爾丹之後，我打算先以蒂奧德萊所在的地方為目標邁進。」

達南這麼說後握緊拳頭。

「我還沒有思考之後到底要幹嘛，畢竟我不太懂打倒眼前的敵人以外的事情。如果她要給水之四天王最後一擊，我便會樂於與她一起行動。」

「有達南這樣的實力的話，不管去哪裡都能大展身手喔。」

人族最強的武鬥家。

不對，在露緹變回普通少女的現在，人類最強的戰士就是達南了吧。

在邊境佐爾丹過著慢生活的我不曉得他該去哪個戰場，不過他不管去哪裡都會成為最強戰力。

擁有隨處可見的「武鬥家」加護卻大展身手的姿態，一定會為許許多多的人們帶來勇氣吧。

「喂，達南！我都還沒吃耶，你想把香煎鴨肉全都吃掉嗎！」

「啥？這當然是先搶先贏啊！」

亞蘭朵菈菈與達南展開一場有點幼稚，爭奪最後一塊鴨肉的大比拚。

然而有一支叉子以閃光般的速度掠走鴨肉。

「好吃。」

「「露緹！」」

亞蘭朵菈菈與達南愣了一下之後相視而笑。

＊　＊　＊

結束快樂的午餐時光、洗好便當盒後，亞蘭朵菈菈帶領我們前往森林深處。

「森林女王就在前面喔，先問個好的話就可以避免無謂的紛爭。不管要做什麼，好好通知一下都很重要。」

「森林女王啊……」

像這樣走在森林裡頭就會覺得不太對勁。

「欸，雷德。這座森林沒什麼大型動物或怪物呢。」

「妳也察覺到了啊？」

「嗯，雖然不是完全沒有……」

和莉特說得一樣，這座森林雖然有老鼠之類的小動物，卻幾乎看不見狼或怪物。

儘管亞蘭朵菈菈帶領我們開出一條路，但這座森林並沒有野生動物會出沒的獸徑。

或許是沒有會把雜草踩平、踩硬的大型動物吧。

「而且植物滿多的呢。」

「是啊，生態系與佐爾丹的其他森林有點不一樣。」

當然，氣候條件與其他森林相同。

也就是說——

「這是森林女王的力量導致的嗎？」

「呵呵，你們馬上就會知道嘍。」

亞蘭朵菈菈看起來很開心。

「憂憂先生？你感受到什麼了嗎？」

媞瑟在後頭低語。

乘在媞瑟肩上的憂憂先生慌忙地窺探四周，輕快地跳來跳去。

「看起來好像不是很嚴重……」

「不過憂憂先生都說有什麼東西了，應該真的有什麼不尋常吧。」

憂憂先生是隻很可靠的蜘蛛。

「應該差不多快要到了。我們不出手的話，對方也不會襲擊過來，大家千萬不能攻擊喔。」

「知道了。」

我們跟在亞蘭朵菈菈的後頭穿過樹叢。

然後看見的是——

「「「嗡！」」」

伴隨著無數振翅聲響，有好幾隻全長接近中型犬的巨大蜜蜂飛來飛去。

「原來是巨蜂啊！」

巨蜂是一般蜜蜂的同類，也是大型蟲類怪物。

根據品種的不同，大型蟲類怪物有可能生長得無比巨大。

以蜘蛛為例，有像小型犬那麼大的巨蜘蛛，也有比大象還要巨大的高康大蜘蛛，種類繁多。

食龍螳螂(Drake Eater Mantis)、巨神百足(Titan Centipede)、破壞甲蟲(Destroyer Beetle)這些有名的大型蟲儘管只有「鬥士」這種最低階的加護，卻只因為巨大就留下不亞於龍種與巨人種的駭人災害紀錄，在這片大陸占有的地位是最難以應付的怪物。

「真的不可以出手喔。」

亞蘭朵菈菈再次提醒我們。

現在在場的人都是身經百戰的戰士，當然不會被發出振翅聲飛行的巨大蜜蜂嚇得陷入恐慌。

「總覺得很有春天的感覺呢。」

「膨膨的好可愛。」

媞瑟與露緹也愉快地觀察著輕飄飄飛行的巨蜂。

「能不能請牠們分點蜂蜜給我們呢？」

莉特好像想著能不能拿到甜品。的確，有這麼大的蜜蜂的話，說不定可以分給我們一整壺左右的蜂蜜吧。

不過前提是需要能跟昆蟲溝通的技能或魔法就是了。

「莉特的精靈魔法有能夠與昆蟲對話的法術嗎？」

莉特搖搖頭。

「沒有喔，畢竟我只會用控制四屬的精靈魔法。」

「沒問題，我會那種魔法，由我來問問看能不能分到一些吧。」

「太好了。」

亞蘭朵菈菈那麼說之後，莉特便開心似的笑出來。

又走了十分鐘左右。

我們來到巨大蜂巢的前方。

「森林女王就在裡面喔。」

「妳指的果然是巨蜂中的女王蜂啊。」

「我還是第一次進入蜂巢耶。」

「我也是第一次啊。」

我是以騎士身分，莉特則是以洛嘉維亞英雄的身分經歷過許多冒險，不過從來沒有進入過尺寸大得能讓人類進去的蜂巢。

我們攀爬著具特徵的正六角形房間。

「要是住在這樣的屋子裡頭，感覺每天都能好好地運動。」

「不不不。」

對於達南所說的話，我搖頭苦笑。

這是為飛在天上的蜜蜂做出來的巢穴。

理所當然不會有階梯或梯子，必須從一間房跳到另一間房，垂直地前往女王的房間才行。

如果進來的人不是我們，要登上去就會很麻煩。

帶頭跳躍的亞蘭朵菈菈跳進特別大的一個房間。

「在那裡啊。」

我們也跟在她後頭。

「……唔，還真大耶。」

等在房裡的森林女王遠比我想像中得還要巨大。

如果是一般的蜜蜂，女王蜂只會大上一圈，外表也不會有太大的差別；不過森林女王的體長差不多有四公尺。

牠擱在地上的腹部帶有棕色橫條紋，身上覆蓋著令人聯想到盔甲的外殼。現在牠正以圓滾滾的黑眼睛居高臨下地俯瞰我們。

巨蜂以花蜜為食，應該沒辦法長得那麼巨大，然而女王竟然可以大成這種地步。

「牠特別地巨大喔。就連只是比人類活得久一點的我，也沒有看過像牠那麼大的巨蜂女王呢。」

亞蘭朵菈菈這麼說的同時走近到女王蜂身邊。

「女王好。」

隨著外殼嘎吱嘎吱的摩擦聲響，女王蜂將牠的臉靠近亞蘭朵菈菈。

我聽見莉特倒抽一口氣的聲音。

不過應該不會有事吧。我放輕鬆觀察在極近距離下看見的巨蜂女王外貌。

就算在王都的動物園裡頭也看不到這樣的景象。能夠看見平常沒機會看到的東西也是旅行的醍醐味。

「是的，已經對森林的草木灌注活力嘍。我們就待在小河旁邊，沒有要妨害你們的意思。」

亞蘭朵菈菈的手伸出綠色藤蔓，觸碰女王蜂的觸角。

她好像是藉由這個方式來進行溝通。

憂憂先生也歪著頭撫摸自己的頭部，是不是在想像觸角是什麼樣的東西呢？

媞瑟看著那樣的憂憂先生，會心一笑地瞇起眼睛。

「還有，要分給我們一點蜂蜜喔。」

亞蘭朵菈菈像在小聲唱歌一般對女王蜂訴說。

「真有趣耶。」

達南開口說：

「跟你們一塊兒旅行總是會遇上有趣的事情。有好幾次的冒險都是前所未見、前所未聞。」

「是啊。」

「……我都很開心喔。」

「是啊，旅途中並不是只有不好的事……我也很開心喔。」

「嘿嘿。」

聽見我的回應，達南高興似的笑了出來。

＊　＊　＊

和森林女王打完招呼後，我們回到搭好帳篷的小河邊。

「好了，終於要開始特訓啦。」

達南轉起手臂，看起來幹勁十足。

「總之先練習空揮怎麼樣？」

我這麼說之後，大家都點了點頭。

「就順便當成暖身，揮個一萬次，做個三輪吧。」

「也好，一開始就先這樣吧。」

我們互相拉開距離架起武器。

「大家各自維持自己的步調就可以了，不過開頭的第一下就一起來吧。」

所有人都停在基本架勢的動作。

「好……──！」

我隨著吆喝聲揮劍。

周遭也同時發出各自的武器劃過空氣的聲音。

維持著第一下空揮結束的姿勢，久違地與英雄們一起訓練的感覺彷彿將我的心志磨鍊得更加敏銳。

莉特的劍法帶有引人矚目的華美。每一個動作都相當美麗，而且每一擊都有如流水一般連續不斷。在那之中並不只有強勁，還感受得到會讓觀者看得入迷的英雄品格。

露緹的劍法完美無缺。準確又強力，完全無可挑剔。這世上想必沒有站在她面前還能招架的存在吧。

媞瑟的劍法驚人。儘管只是空揮，視線與腳步中仍然編入了無數的假動作，而且她揮出去的位置一定是要害，是用來殺人的劍法。

亞蘭朵菈菈的杖法已經登峰造極。花費漫長時光淬鍊而成的技術蘊含其中。

然後，達南的拳便是武道，其中蘊含了武術這種概念的一切內容。裡頭有著相信自己無論遇上什麼障礙都能單靠武道來跨越的信念。

達南相信他只要把自身的武道淬鍊提升，就能贏下與魔王軍之間的戰爭。

他相信武道，對於常人會一笑置之的夢想深信不疑。

正因為如此，達南才會是人族最強的武鬥家。

「吉迪恩果然厲害啊。」

一萬次乘以三組的空揮結束，我們坐下來喝水。

大概過了一小時後——

達南忽然這麼說。

「這裡沒有其他人，不叫你雷德，叫原本的名字也沒關係吧？」

「是沒關係啦……」

「吉迪恩的劍中看得到敵人。」

「敵人？」

「對。看你空揮，就知道你那一擊砍了什麼樣的對手。」

「畢竟我是一邊設想情況一邊空揮的啊。」

「對手長什麼樣子、穿著什麼樣的武裝，是人類、妖精、怪物還是惡魔……儘管都是從中段砍去，就連我都可以清楚看見每次被砍的敵人都不一樣。我是說你的術理就是紮實到這種地步。」

受到有如武術化身的男人誇讚，讓人並不討厭。

「這樣啊。」

「真期待跟你過招的那一刻哪。」

達南說出這種話的表情很純真，他真心期待的心情傳遞了過來。

＊　＊　＊

後來我們也持續特訓，迎接夜晚、晚餐吃了培根湯與沾了蜂蜜的麵包之後——

我一個人用河水清洗被汗水與土弄髒的身體，坐下來眺望晚上的森林。

還在旅行的時候在外野營是很理所當然的事情，晚上的森林也是司空見慣的景色，不過我和莉特開始過慢生活之後就不太有機會看見這種風景。

巨蜂趕走吃草的大型草食動物，沒有東西能吃的肉食動物也就不在這一帶，使得這座森林的夜晚十分寧靜。

我在盡是野鳥、小動物與昆蟲的森林裡頭，思考著特訓後將會進行、與達南過招的事情。

「雷德。」

有聲音傳來。

「莉特，怎麼了？」

我轉過身去便看見莉特站在那裡。

「雷德過了好一陣子都沒回來，我想說是不是發生了什麼事。」

「我洗好身體之後，就在這邊看著這片景色。」

「原來是這樣啊……我可以在你旁邊一起看嗎？」

「嗯，可以啊。」

「太好了。」

莉特坐在我身邊。

「這個地方的氣氛真不錯，不愧是亞蘭朵菈菈找到的森林。」

「是啊。明明就在特訓，卻不會被人類或怪物打擾。騎士團也一樣，雖然基本功會在嘈雜的訓練所鍛鍊，不過高階的訓練就會到遠離人煙的地方進行。」

「哦，洛嘉維亞的武鬥家或劍豪也都固定會在雪山裡頭獨自特訓，不知道是不是每個地方的做法都差不多。」

「有可能喔。」

我們肩並肩眺望夜晚的森林。

光蟲散發出的微弱光芒在河上搖搖晃晃地飛舞。

「欸，雷德。要不要我幫你按摩！」

「咦，怎麼這麼突然？」

「你很久沒有盡全力活動身子了吧？假如跟達南過招的時候肌肉痠痛，不就會很遺憾嗎？」

「嗯，說得也是……那我可以麻煩妳嗎？」

「嗯！」

莉特連鋪在地上的毛巾都準備好了。

我可以在不弄髒身體的狀態下趴在地上。

不愧是莉特。

「那我就失禮嘍。」

莉特輕巧地跨坐在我身上。

「我要開始嘍～」

莉特的手指觸碰我的背。

我的身體不禁微微顫抖一下。

莉特像是覺得很有趣似的嘻嘻笑。

「那麼……唔嗯、唔嗯。」

莉特用手掌按著我的背部，小小聲地說著一些話。

「感覺還滿正式的呢。」

「嘿嘿嘿，其實我希望能幫上雷德的忙，來這裡之前研究了一下。」

當過冒險者的經歷應該讓她的人體知識比一般人還要豐富，所以她才有辦法學會按摩技術吧。

而且以雙劍戰鬥的莉特運用指尖的技術也相當出類拔萃。

「應該是……從這邊按吧。」

莉特以溫柔的手勢揉起我的身體，好讓我放鬆。

「目的是要讓血液循環變好，所以不能太用力。」

「嗯……」

「覺得如何？」

「嗯，非常舒服喔。」

莉特的按摩真的很舒服。

雖然技術也很好，重點是我好像感覺得到：莉特她想要慰勞我身體的愛情經由手指傳了過來。

我不只身體放鬆，連內心的緊張也得到緩解，完完全全委身於莉特。

「你覺得有辦法贏過達南嗎？」

莉特對閉上眼睛、全身放鬆力氣的我說。

「達南果然很厲害呢。像這樣一起特訓，就能切身理解到他的強大。」

「是啊。不把露緹算在內的話，達南應該是目前人類當中最厲害的強者吧。」

「他就是武術的化身。」

「可是你還是要跟他過招吧？」

「那當然，畢竟他是我的夥伴。」

達南這男人沒有辦法理解慢生活。

他現在想必還是完全無法理解，為什麼我和露緹會選擇在佐爾丹生活吧。

既然如此，我就只能透過戰鬥把我選擇的人生傳達給他了。

這是為了能夠以夥伴的身分相互接受，並且好好地說一聲「再會」。

＊　＊　＊

兩天後，太陽開始下山時——

我與達南面對面擺起架勢。

無論是我的劍還是達南的拳頭，都塗上了慈悯藥水。

藉由這種方式，就算武器命中對方也不會令人受傷，只會給予痛楚。

然而，要是達南認真打出的拳頭紮紮實實地打中我，光是痛楚便能令我暈厥吧。

「呼……」

我呼出氣息，提高我五感的敏銳程度。

「…………」

達南的臉上沒有笑意。

那單純就是全心全意面對戰鬥的戰士表情。

「那麼——」

站在中央的露緹舉高右手。

感覺會發生什麼意外的時候，能夠阻止我們倆對戰的人就只有露緹。

「不管結果怎樣，兩邊都不要懷恨在心。」

這麼說之後，她依序對我們使了個眼色。

我和達南都點了點頭一次。

「嗯……開始。」

露緹揮下右手的同時，達南蹬向地面。

他一腳就縮短我倆之間本來有五公尺以上的距離。

「雷德……！」

我聽見莉特倒抽一口氣的聲音。

然而——

「嘖！」

達南的身體向右錯開。

我的劍朝著達南原本的位置向上揮砍。

「武技：狂亂魔腳！」

他從閃避的姿勢使出後旋踢。

由於武技的動作固定，一般來說得先回到通用的準備姿勢才能施展；不過達南為了在任何姿勢下都能使出武技，鑽研了各種動作。

達南明明頭腦簡單，論武時卻能以理性鑽研。

與達南交談、第一次聽見他那高階武術理論的時候，他給人的印象就與平時的言行差距甚大，令人訝異。

假如我不曉得達南的武術，應該就躲不過剛才那一腳了吧。

「唔！」

我的劍擊中達南的腿。

儘管他武技帶有的氣保護了他，我的劍沒有對他造成多大的傷害，但先命中第一擊的人是我。

「哦哦哦哦！」

達南的連擊朝我襲來。

每一下連擊都帶有必殺的威力。

要是被擊中一發，對戰就結束了。

「真厲害，為什麼他能躲過那種攻勢？」

觀戰的亞蘭朵菈菈十分訝異。

對於達南的連擊，我用劍架開、後仰身子、往後跳、錯開身子，也使出其餘各種防禦技術，持續地閃躲。

「……就是現在！」

就像要填補連擊的空隙一般，我的劍朝達南的胸口刺出去。

「！」

我的劍被彈到空中。

糟了！

「喔啦！」

瞄準失去武器的我，達南的左手臂呼嘯而來。

「武技：破碎拳！」

達南的武技向我逼近。

我沒有閃躲，而是抓住達南的左手臂，利用他武技的來勢把他往後拋飛。

達南的身體在半空中飛舞，不過他在空中重新調整好姿勢，著地時並沒有倒下。

我被彈飛的那把劍落在達南身旁，插在地面上。

「…………」

達南瞥了一下我的劍之後，便慢慢走過去拿了起來。

「果然只是把普通的銅劍啊。」

達南把劍丟向我這邊。

我用右手接住拋飛過來的劍，重新擺好架勢。

「我明明就比你強大許多，招式卻都被你看穿，你的劍還碰到了我。」

原本擺出戰鬥神情的達南面容放鬆，然後笑了出來。

「真有趣啊，吉迪恩。你果然很有趣。」

「……假如是你，應該已經知道要怎麼打才會贏了吧？」

「算是吧。你能夠撇開我的攻擊，是因為事先料到我會發出什麼樣的攻擊。」

「是啊。」

達南的拳頭比我的防禦還要快。

要是看見達南的動作再架起防禦，根本就來不及。

不過，無論是多麼快的招式，只要能搶先對方一步行動，要防禦就很容易。

對手可是在那段旅途中一同奮戰的達南。為了能在旅途中戰到最後一刻，夥伴們的能力我可是知道得一清二楚。

所以我也有辦法理解對方打算做什麼、理解他們內心的思維是如何運作。

「既然如此，我只要用平常不會用的招式來跟你對打就能贏——稍微手下留情一下就好。」

「說得也是，假如你沒有使出全力，我就沒辦法預料你的招式……所以，你要放水了嗎？」

「不，我才不會那麼做。我們不是要相互廝殺，只是過個幾招罷了。我會以我能使出的最強實力與你戰鬥——不這樣做就沒有意義了。」

「就知道你會這麼說。」

「嘿嘿！」

達南就是這樣的男人。這樣的他才是我在旅途中投以信賴，並且心懷尊敬的人族最強武門家達南。

「準備接招吧，吉迪恩！既然你都看穿了我的全力，我就讓你看看超越了全心全力的我！」

「哈哈，你這人真是熱血到不行耶！」

「尊敬的對手對我的武道理解到這種地步，而且還要跟我對打啊！這樣還熱血不起來的話，我就不是我了！」

「來吧，達南！我要以我的人生，好好地跟你的武道交鋒！」

達南奔跑起來。

我擺出防禦架勢，凝視達南的動作。

敏銳至極的精神預見了達南可能會使出的無數種招式。

隨著達南越來越靠近，無數的可能性逐漸收束為一種。

上段直拳後使出「武技：斧蹴」，之後再加上震腳，使出極近距離的中段攻擊。

若要應對，便要以前傾姿勢閃避、使出中段踢、一邊向後跳一邊用劍攻擊他的腳，讓震腳使不出來。削弱達南攻擊的勢頭之後，再向上劈斬加以反擊。

「……！」

達南以絲毫之差閃過我向上的劈斬。

儘管我想進一步追擊，但我要是在這時踏出一步，中招的便會是我。

我們靜止須臾，然後像是彈射開來一般互相拉開距離。

＊　＊　＊

回過神來，我發覺自己被埋在河邊的碎石中。

「呼……」

開始過招三小時又二十七分之後。

中間完全沒有休息，只是持續一直戰鬥……後來達南的拳頭命中我並將我轟飛，使我落敗。

「痛痛痛……直接命中的話，我果然承受不了啊。」

要是沒有慈惘藥水，我早就死了。

達南果然很厲害。

「吉迪恩。」

達南將粗糙的大手伸到我面前。

「謝啦，我打得很開心。」

「嗯，我也很久沒覺得戰鬥令人愉快了。」

我握住達南的手。

他把我的身體拉起來，並且露出白牙而笑。

「你果然很強啊，吉迪恩。」

「我們的加護等級差距也不小，但我應該沒有讓你失望吧。」

「那還用說。從我第一次遇到你到今天，你一直都是我少數尊敬的一個男人。」

我的腳還在發抖。

慘到需要搭著達南的肩膀才有辦法行走。

「我啊——」

讓我搭肩的達南仍然面向前方然後說：

「不太懂什麼是慢生活。」

「我想也是。」

「所以我才想像這樣子跟你過招，因為我這個人只會戰鬥。」

「那你明白什麼是慢生活了嗎？」

「不，現在還是一點也不懂。」

達南笑了出來。

「可是啊，我知道你並不是真的覺得自己很弱才不繼續戰鬥。」

「…………」

「知道這點就夠了。你仍然是我尊敬的男人，只是選擇走不同的路。」

「一開始並不是那樣喔。我以前就只是為了能夠成為露緹的助力而活，所以剛來到佐爾丹的時候，真的就是一個弱小的人類。」

「哈哈，太好了。要是看到你那副德行，我說不定會直接殺了你呢。」

「達南果然很可怕啊！」

這傢伙的口氣不知道是在開玩笑還是在說真的。

「既然能讓那麼慘不忍睹的你變回我尊敬的男人，慢生活應該也是一種強大吧。」

達南試著以他自身的價值觀來理解我的經歷。

「這樣的話，佐爾丹這地方就沒有什麼好留戀的了。」

「這樣啊。」

「吉迪恩。」

「怎麼了？」

「你就順著你的意思活下去吧。既然在這裡過慢生活就是你的強大，你就該搏上性命幸福地生活。」

「搏上性命幸福地生活是什麼意思啦。」

「魔王軍的事就交給我來應付吧。我會用慘揍你一拳的這條左手把魔王軍打個全軍覆沒。」

「……謝謝你，達南。」

「不用跟我道謝。我就是隨時隨地都想戰鬥，所以會去應戰，只懂得這種生活方式的一個人……我以這樣的自己為傲。」

「說得也是，我也一直很尊敬達南你無論如何都不會屈服的強大。」

「嘿嘿……」

「哈哈哈……」

我們就這樣互相搭肩，讓笑聲在寧靜的森林中迴蕩。

＊　＊　＊

快樂的時光總是過得特別快。

與達南過招完之後，我們走在返回佐爾丹的歸途上。

「達南，你沒事吧？」

「當然，今天是最棒的一天了。」

達南會步履蹣跚是因為跟我戰鬥之後，露緹對他說接下來要跟她過招。

露緹一副要為哥哥報仇的態度而充滿幹勁，達南也因為能跟最強的人過招而躍躍欲試……然後他就真的被轟飛了。

「怎麼說呢，我再次切身體會到雷德你的厲害了。畢竟你跟露緹特訓的時候能打模擬戰啊。」

「我跟露緹的模擬戰是為了確認招數，並不是以打倒對手為目的嘛。」

「就算是這樣，你也很厲害……可惡，到底要怎麼打才能贏啊？」

達南一臉認真地思考著贏過露緹的方法。

把露緹當成對手，還去探討取勝方法的人大概只有達南了吧。

「等我把魔王做掉之後，我會再來挑戰妳喔。」

「嗯，可以啊。」

露緹點了點頭。

我們一起旅行的時候，露緹對達南沒有半點興趣，不過現在不一樣了。

露緹的嘴角微微地綻放開來，顯露出微微的笑意。

這種情形對我來說也十分令人高興。

「嗯。」

這時，露緹好像察覺到什麼東西似的看向北方。

「哥哥，村子受到襲擊了。」

「什麼？」

看向露緹手指的方向，便能看見遠處升起了煙。

「雷德和露緹先過去，我們會跟著趕上！」

莉特對我和露緹施展順風魔法並如此叫喊。

「收到！要衝嘍，露緹！」

「嗯。」

我用快速技能專精：「雷光迅步」一口氣加速。

露緹也疊加提高速度的魔法，跟在我身後奔跑。

我們兩兄妹幾分鐘就衝進在遠方看見的村子。

「哥哥，是哥布林。」

露緹說。

襲擊村子的是哥布林集團。

「數量有點多，是從外頭流浪過來的集團嗎？」

數量有三十隻以上。

不僅以人類製作的武器武裝自身，甚至還用上了裝有燃油的火焰瓶。

「應該是某個地方的領主僱來當傭兵訓練……結果無法控制牠們，所以把牠們趕出來了吧。」

「添麻煩。」

「是啊，真的是在添麻煩。」

我與露緹朝向哥布林群的背後展開強襲。

「什麼！」

哥布林們以哥布林口音很重的共通語叫喊。

牠們雖然以長槍應戰，與我跟達南過招的情形相比，牠們的身手實在太遲鈍了。

我們跑過哥布林群體之間，讓牠們在無法好好反擊的狀態下全軍覆沒。

「再來是深入村子裡的那些傢伙……啊，看來牠們已經被打倒了呢。」

村子裡似乎也有實力不錯的戰士。

現在已經沒有戰鬥的氣息了。

「真令人意外耶。」

看見在村子裡戰鬥的兩人面容，我不禁說出這樣的話。

其中一人是為了維羅尼亞王國那檔事前去萊斯特沃爾大聖砦，佐爾丹聖方教會位階最高的席彥主教。

至於另外一人，則是以左手揮劍，面容凜然的青年。

「亞爾貝。」

「許久不見，雷德先生。」

以前那種傲慢且不帶從容的表情已然消逝，謙虛且專注的表情浮現在他的臉上。

「冠軍」亞爾貝·利蘭德。

曾為佐爾丹英雄的人就站在那裡。

＊　＊　＊

「多謝你們幫忙。」

席彥主教對我們道謝。

「哥布林的數量很多，僅僅靠我們兩人即使不會敗陣，想必也沒辦法順利避免村裡受害。」

「我們也只是剛好經過附近而已，單純是運氣不錯。」

我們在村子裡的廣場與亞爾貝他們交談。

哥布林全數遭到討伐，儘管村裡有兩座建築物起火受害，人們都沒有遭到波及。好像還有幾個人受了點傷，不過席彥主教已經為他們治療了。

這個村子沒有士兵常駐，遇上那種規模的哥布林襲擊卻能在這點程度的損害下撐下來，可說十分幸運。

「我們正要從萊斯特沃爾返回佐爾丹，卻看見哥布林往這裡過來……這想必也是神明慈悲為懷。」

席彥主教擺出手勢對神明致謝。

對話由亞爾貝接著說：

「我們比哥布林先一步跑到村裡，守護村民的同時一邊戰鬥，而你們就在中途趕過來了。」

亞爾貝的語氣很溫和。

這和他以前帶刺冒犯人的口氣判若兩人。

「我的夥伴也馬上就會到。達南說他想要向亞爾貝你道謝喔。」

「達南先生要向我道謝？」

亞爾貝顯得訝異，臉也紅了起來。

「那可真是榮幸呢。」

知曉亞爾貝以前樣子的人要是看見現在的他，想必會很驚訝吧。

「席彥主教。」

露緹說：

「麻煩你告訴我跟教會交涉得如何了。」

「好，現在正好可以說呢。我們到那邊談一下吧。」

「哥哥。」

「啊，沒關係，我也在跟亞爾貝聊天。」

露緹和席彥主教一起前往村長的家。

席彥主教交涉的內容是要讓教會別用武力制裁的方式來處理與維羅尼亞王國之間的問題。從他的樣子看來，應該是交涉成功了。

「雷德先生。」

「亞爾貝你稱呼我的時候加上『先生』，還真是讓我不習慣啊。」

我第一次跟亞爾貝交談的時候，他還對我抱怨說要稱呼他「亞爾貝先生」呢。

現在就覺得那件事還滿令人懷念的。

「哈哈哈，畢竟那時我真的作夢都想不到我憧憬的英雄竟然會來到佐爾丹啊。」

「不過亞爾貝你應該跟蒂奧德萊一起對抗著魔王軍才對，為什麼會和席彥主教一起前往佐爾丹？」

「護衛席彥主教也是理由之一，但我其實有事想要通知露緹小姐與雷德先生……蒂奧德萊小姐要來佐爾丹了。」

「你說蒂奧德萊？」

「對……我是為了在蒂奧德萊小姐抵達佐爾丹前，把狀況告訴你們才過來的。」

亞爾貝一臉嚴肅地這麼說。

蒂奧德萊要來佐爾丹？

為了與達南分別而過招的這一天，竟然會聽到蒂奧德萊要來佐爾丹的消息……

緣分真是不可思議的東西。

＊　＊　＊

回到佐爾丹的我們與席彥主教分別，前往露緹居住的宅第。

房裡有我、露緹、莉特、亞蘭朵菈菈、媞瑟、達南以及亞爾貝，我們圍著桌子。

「沒想到居然這麼快就能和亞爾貝再會。」

達南開心地笑了出來。

另一頭的亞爾貝不曉得達南為什麼高興而感到困惑。

「畢竟那個時候我沒空好好向你道謝啊。」

達南站起身子之後便深深地鞠躬。

「謝謝你，你是我的救命恩人。」

「達、達南先生，你不用對我這種人……！」

「要是沒有你在的話，我早就死了。這份恩情我一輩子都不會忘記。」

達南的態度讓亞爾貝焦急、混亂了起來。

達南在「人類」這廣大的範疇之內也是頂尖的英雄。

對於憧憬英雄的亞爾貝來說，位於頂點的英雄將自己視為救命恩人感謝，甚至還對自己低頭的狀況，想必需要花上好一段時間才能令他理解。

然而，達南是無論感謝還是憤怒都會在想到的時候直接傳達給對方的那種人。

這跟對方是強是弱沒有關聯。

達南打從心底讚賞、感謝著亞爾貝。

「好，我道謝完了。」

傳達完自己的心情之後，達南一臉滿足地坐回椅子上。

看著那樣的達南，亞爾貝好像完全嚇得目瞪口呆。

我不禁笑了出來。

「咳咳。」

像是要重振精神一般，亞爾貝咳了一聲清喉嚨後開始說：

「我會回到佐爾丹，是因為有人要我傳話給雷德先生與露緹小姐。」

「傳話？蒂奧德萊要你傳話嗎？」

聽到我說的話，亞爾貝點了點頭。

「對，不過她現在化名為愛絲葛菈妲。」

覆面傭兵愛絲妲的真面目果然就是蒂奧德萊。

「你們好像不太驚訝的樣子呢。」

「看了報紙之後，我們想說能如此大展身手的人就只有蒂奧德萊了。」

「不愧是各位。」

「所以，蒂奧德萊……不，愛絲葛菈妲說了什麼？」

「…………」

「怎麼了？」

「呃，我有點煩惱該怎麼說明才好。」

亞爾貝眉間皺起，好像在煩惱的樣子。

「情況很複雜嗎？」

「……是的，我也很擔憂自己到底掌握到什麼程度。」

「那你就先告訴我們發生了什麼事吧，之後有什麼不懂的地方再問你。」

我對亞爾貝說出我在騎士團時，對不太會報告的部下施教時的話語。

「我知道了……」

亞爾貝先中斷話語，同時吸了口氣。

「新的『勇者』出現了，他的名字叫做梵·渥夫·弗蘭伯格。新『勇者』為了取得魔王船文狄達特，目前正在前往佐爾丹這裡。」

明明有許許多多的事情需要問清楚，我們卻無法立即理解亞爾貝說的話，只能沉默不語。

幕間

勇者討伐邪惡

交易都市拉克的港邊酒館「金鹿皮亭」——

行船人與冒險者喧鬧的店內，有一名少年坐在中央。

他的腰際佩有勇者之劍——降魔聖劍的複製品，身上穿的鎧甲胸部刻有紅色的勇者紋章。

少年開心地東張西望，環顧酒館裡的喧囂。

「還真是熱鬧耶，離開修道院之後我驚訝了好幾次。」

「大家看起來都很開心呢！」

本應該獨自一人的少年身上發出高亢的女性嗓音。

仔細一看，便發覺有個小小的人影坐在少年身穿的胸甲上。

「欸，梵。今天該不會是人類的節慶吧？」

小小的人影這麼說後，便從梵的胸口輕盈地飛了起來。

那個人影其實是仙靈。

「菈本妲，出來外面的話很危險喔。」

「謝謝關心！不過梵會保護我吧？」

「當然，我會盡我的全力來保護妳喔。」

「討厭啦～」

害臊得臉頰泛紅、身體扭來扭去的她名叫菈本妲。

仙靈菈本妲原本住在叢林裡頭，她會加入梵的隊伍是要帶領梵一行人前往守護森林祕寶的比蒙所在地。而一行人在得到祕寶之後，她也想要繼續與梵一同旅行，於是便成為了真正的夥伴。

「因為菈本妲也是一起為正義而戰的夥伴。能夠打倒邪惡魔獸比蒙，也是因為菈本妲告訴我們比蒙的弱點。」

「呵呵呵，只要是為了梵，我什麼都願意做。」

菈本妲降落到梵的肩膀上後，就用她小小的唇瓣親吻梵的臉頰。

梵顯露情竇初開的少年表情，臉頰泛紅。

看見梵有這樣的反應，菈本妲就越發高興地抱住梵的臉頰。

這個時候，傳來了「喀唧」這種很大的聲響。

「混帳，你從剛才就一直竊笑什麼東西！」

伴隨著怒吼聲，男人站起身來。

那是一名身穿毛皮衣物，留著濃密落腮鬍的男人。

醉酒的男人威嚇著身穿的皮甲染成灰色的男人。

儘管落腮鬍男對自己發怒，身穿皮甲的男人嘴上還是呈現竊笑的神情。

酒館常常會出現這種吵架場面，周圍那些粗野的行船人也期待著即將引發的騷動而出聲助興。

「有種就給我張嘴！說幾句話來聽聽啊！」

落腮鬍男一把揪住皮甲男的前襟。

「這、這、這樣就是正當防衛了。」

「啊……」

發出肉被撕裂的聲音，深紅色的血液弄髒地板。

原本嘈雜的行船人一下子安靜下來。

皮甲男的手上握著細小卻銳利的短刀。

「我、我、我擁有『殺人魔(Manslayer)』的加護，需、需、需要偶爾殺人才能壓抑。」

然後皮甲男環顧四周。

「有、有、有誰是這傢伙的朋友嗎？能、能、能不能為他報仇，來襲擊我呢？」

皮甲男的神情十分扭曲，展露著笑意。

「『殺人魔』啊？」

梵從椅子上站起身。

「梵，你要去制裁他嗎？」

「嗯。」

下一瞬間——

「咦？」

皮甲男由於視野繞了一大圈而感到驚訝，發出傻里傻氣的聲音。

他還想繼續說些什麼，可是已經沒辦法再發出聲音了。

後來他看見地板逐漸逼近眼前，便發覺自己的頭已經被砍下來，然後就死了。

「邪惡已然離去。」

梵一邊收劍一邊低語。

身為「勇者」排除邪惡乃理所當然。梵對於自己殺掉的對象連看都不看一眼，便回到了自己的位子上。

「噫噫噫噫！」

酒館的客人們發出慘叫聲逃到店外。

店老闆也無法為此咎責，在櫃檯裡頭瑟瑟發抖。

梵望著這樣的情形點了點頭。

「太可憐了，看來他們真的很怕『殺人魔』呢。」

「嗯嗯。」

「既然會這樣，我在吵架開始的瞬間就把他殺掉，應該會更好吧。」

「的確！就如同梵說得一樣！」

在轉為一片寧靜的酒館中，梵與菈本姐開心地繼續吃吃喝喝。

「這到底是怎麼一回事？」

「愛絲姐小姐！劉布先生！」

進入店裡的覆面騎士大喊，她身後的巨漢則一臉安穩的表情。

與前去搜集情報而另外行動的兩人會合，令梵開心地笑了出來。

那兩人是覆面騎士愛絲葛菈姐與劉布樞機卿。

加上仙靈菈本姐與梵，這四個人湊成了梵目前的隊伍。

「居然有兩個人死了，希望你跟我們說明這裡到底發生了什麼事。」

愛絲姐的嗓音中明顯帶著責備梵的情感。

「梵只是把『殺人魔』解決掉了而已喔。」

菈本妲聲中帶刺。菈本妲傾慕的對象只有梵，與愛絲妲、劉布兩人並不親近。

「沒錯，就如同菈本妲所說的，『殺人魔』殺了人，所以我把他殺了。」

「……為什麼『殺人魔』殺了那個男人？」

「什麼？」

愛絲妲的問題令梵感到困惑。

「這點很重要嗎？」

「知道為什麼會發生這場戰鬥、知曉殺意的緣由很重要吧？而且那種程度的對手，你不用殺戮，直接壓制他應該很輕而易舉才對。」

「說得也是呢。」

「既然如此，先把他抓起來、問清楚狀況之後，再判斷要把他交給衛兵還是直接殺掉，應該比較好才對。」

梵驚訝地睜大雙眼看著愛絲妲後開口說：

「為什麼妳有辦法這麼想？他可是『殺人魔』耶。」

「可是待在這裡的是人。人並不是單靠加護衝動而生，人類有著自身的意志。你不應該忘記這種事。」

「嗯……」

為了理解愛絲妲說的話，梵陷入沉思。

然後——

「原來如此，愛絲妲小姐妳搞錯了呢。」

「什麼？」

「啊，不是，我想說的並不是愛絲妲小姐妳錯了還怎麼樣喔。」

梵以毫無惡意的神情笑了出來。

「我並不是憎恨殺了人的他，也不是想要保護自己，更不是要預防他接下來還會不會殺掉其他人。」

「……你這話是什麼意思？」

「畢竟他的加護是戴密斯神賜予的吧？所以他會殺人就是神明賜給他的職責。他的行為之中並沒有任何罪過與惡意。」

「…………」

「『勇者』的劍用在私慾上便是不善。我的戰鬥不論何時都是為了戴密斯神而奉獻，並不會因為殺害無罪之人的『殺人魔』令人憎惡這種私慾而揮劍。」

「那你為什麼殺他？」

「『殺人魔』這種加護的職責，是為了被其他人討伐才存在的吧？所以，我是為了完成他的職責才殺掉他的。他也是戴密斯神忠誠的僕人，殺掉他時我感受到我的『勇者』加護成長，正代表他忠實地遵守加護帶來的職責，我怎麼可能憎恨他呢？」

梵將兩手交握，以不帶汙濁的澄澈表情祈禱：

「我愛著你的人生，為你祝福。你能以『殺人魔』的身分來到我身邊真的做得很好。藉由你的人生得到成長的我的『勇者』加護一定會拯救這個世界吧。」

「……梵，你這個人——」

愛絲妲的話語被劉布樞機卿的大手打斷。

「『勇者』就該這樣。」

「對吧，真不愧是梵！」

劉布與菈本妲肯定著「勇者」梵，對他加以讚賞。

「畢竟我只是個還沒對抗過魔王軍，才剛起步的『勇者』……『勇者』露緹她所體現的信仰之路一定比我傑出許多吧。」

梵露出害羞的笑容，微微低下頭。

很有少年味道的那種舉動讓菈本妲與劉布都笑了。

只有愛絲妲一個人沒有發笑，垂落著肩頭。

（露緹與梵同樣是『勇者』，展現的態度卻能有這麼大的差異啊……」

「勇者」梵在混雜著血液、腸子、酒與料理氣味的酒館裡開心地笑著。

愛絲妲在面具之下皺著眉頭，又一次地嘆了口氣。她不知道她跟他們兩人一同旅行之後，到底嘆過多少氣。

第二章 長假

佐爾丹，露緹的宅第──

我、莉特、露緹、媞瑟、亞蘭朵菈菈、達南以及亞爾貝聚在一起吃早餐。

「雷德做的菜真的很好吃耶！」

「嗯，哥哥做的菜一直都很好吃。」

達南與露緹把料理塞滿嘴巴，開心地咀嚼著。

我想露緹平時用餐的模樣應該更高雅一些，然而她似乎被達南傳染了。

不過現在全心全意享受餐點的露緹也非常可愛。

露緹還是「勇者」的時候，只有在跟掌權者交涉的時候才會進食。

成長後的「勇者」加護會帶來各種抗性。假如只是沒有飲水與食物的情況，「勇者」是不可以倒下的。

「勇者」露緹的身體一直都保持在最佳狀態。就算有辦法吃東西，食物的營養成分也不會影響身體。

露緹曾經說過，她當時的感覺經常就像在吃飽的狀態下進食。就算嘗得出味道，也不會牽動覺得好吃的情感，或者想要吃東西的慾望。

現在則經由誕生在露緹身上的「Sin」這種加護力量，使得奪走她那些人性的抗性失去效果。

可是……「Sin」的技能實在太適合讓露緹自「勇者」加護當中解脫了。能讓自己的技能失去效用的加護，簡直可以說是「露緹想要從『勇者』加護中得到解脫」的願望具體地顯現出來了。

加護是至高神戴密斯所賜予的東西，其中沒有人類心願介入的餘地……至少就目前留下的紀錄看來，這種說法並沒有錯。

露緹的「Sin」恐怕不是神所賜予，而是露緹自身所產生的加護。

那是可以將這個世界「所有人類一出生就會由神明賦予名為『加護』的職責」這種規則連根推翻的力量。

「我吃飽了。」

用餐完畢很有禮儀地用餐巾擦拭嘴巴的露緹看起來只像個平凡的少女。

露緹身上寄宿的加護偏離了世界的規則，沒想到世界上還史無前例地出現了第二位「勇者」。

不曉得發生了什麼事……不過無論將來會怎樣，我站在露緹這邊這點不會改變。

「既然都吃完早餐了——」

我環視一次周圍的夥伴們，然後繼續說：

「就來談談『勇者』的事情吧。」

我的話讓所有人都繃緊神情，同時點了點頭。

「亞爾貝，請讓我再確認一次。」

「是。」

「聖方教會認同勇者梵就是『勇者』吧？」

「是的。劉布樞機卿是他的監護人，『聖者』加護持有者也對他施展過『鑑定』，而且還受到了克萊門斯教父的認可。」

「連聖方教會的高層都認同了啊……既然如此，應該至少有讓教會相信他就是勇者的理由吧？」

「是的。雖然露緹小姐是不屬於任何組織的勇者，不過梵似乎是以聖方教會祭司的身分得到認可，並以隸屬教會的勇者身分來行動。」

「教會的勇者啊……」

我把這句話說出口，腦裡湧現不安。

在「體現正義的勇者在此」這種大義名目之下，無論是什麼樣的非法行為都會被正當化。尤其聖方教會是大陸最大的組織，要是教會失控的話就沒人能阻止了。

……不，現在就算去在意這種事情也無可奈何。脫離勇者旅途的我想必沒資格批評這種事。

「梵是弗蘭伯格國王的么兒。聽說他是在阿瓦隆尼亞王國領內的修道院當修道士時，被劉布樞機卿發現的。」

「被樞機卿發現啊……既然擁有『勇者』加護，怎麼不叫他去跟魔王軍戰鬥呢？假如多了一個『勇者』，就可以同時攻略兩個據點，作戰方式也可以有更多變化吧？」

達南不滿地開口說。

「我們幾個前去萊斯特沃爾大聖砦已經是三年前的事了。」

「與蒂奧德萊相遇也是在那個時候，真是令人懷念。」

露緹懷念似的這麼說，然後繼續接著說：

「如果那時教會就已經察覺到梵的存在，應該會對『勇者有兩個人』這種異常事態產生什麼反應才對……不過當時沒有看見那種徵兆。」

「我也這麼覺得。就像露緹說得一樣，當時教會應該不知道勇者梵的事情吧。」

也就是說，露緹奮戰的那段期間，勇者梵在遠離戰火的土地過著和平的日子。

「可是啊，這麼想的話就跟亞爾貝告訴我們的梵的性格搭不起來了呀。」

我感到困惑。

據亞爾貝所言，梵的性格是「忠實的信徒」，聽起來不會讓人覺得他討厭「勇者」的職責。

如果梵真的是「勇者」，他跟被捲入戰火之中、只能應戰而踏上旅程的露緹應該不一樣。我覺得他應該在魔王軍登陸的時間點就開始行動，這樣子才比較自然。

當然，我沒有直接與勇者梵碰過面，因此沒辦法說得很篤定……

「唉，現在就算想那些事情也沒意義吧？」

達南打斷我的思考。

「問題在於那個勇者梵要來佐爾丹吧？」

「你說得沒錯，問題在這裡呢。」

莉特也表示同意。

「露緹沒繼續擔任勇者的事情，教會掌握到什麼程度了？」

經亞蘭朵菈菈一問，亞爾貝搖了搖頭。

「據我所知是完全不知情……畢竟勇者戰事的資訊，本來就只有參與戰事的時候會傳開。」

「也對，謠傳的假資訊也很多，能正確掌握勇者行蹤的人就只有當事人與身邊的人了吧。」

「不過再過半年，我想應該就會有人察覺異狀。」

「就算被人發覺，最先想到的可能性也是勇者尚未得志就在途中倒下了吧。」

以個人的力量轉戰各地，顛覆大陸規模的戰局。

雖說加護的種類與等級能讓個人戰鬥能力大幅改變，以常理來思考的話仍是不可能達成的作戰。

光只是一夫當關、萬夫莫敵還不夠。

就算擁有足以毀滅世界的力量也還是不夠。

面對毀滅世界的龐大軍勢，僅以一個人的力量來取勝……這就是勇者所必須具備的強大。

「就算勇者在途中倒下，當然也不會有什麼人覺得奇怪。所以我在造訪各國的時候，也對那些國王要求過『我們不在之後，不要以勇者還在為前提來行動』。」

「雷德在洛嘉維亞也曾經這麼說過呢。你說勇者不在之後，我們必須要有能力靠自己來應戰。」

莉特以懷念當時一般的表情露出微笑。

「也因為如此，我才覺得露緹只要一直待在佐爾丹這裡就不會出問題……可是新的勇者要來佐爾丹的話，狀況就不一樣了。」

勇者梵加上劉布樞機卿。

「劉布樞機卿應該知道露緹與我的長相。我雖然沒跟他說過話，但曾在萊斯特沃爾碰過面。」

劉布樞機卿是個身高超過兩公尺三十公分的巨漢，在教會幹部群中也特別顯眼。

雖說每個樞機卿看起來個性都相當強烈……

「要是碰面的話，事情就不妙了吧。」

那麼接下來該怎麼做……

「既然如此——」

亞蘭朵菈菈舉手發言。

我也示意希望她繼續說下去。

「雷德、莉特和露緹要不要延長休假？在遠離佐爾丹的村子裡悠悠哉哉地待著，直到勇者梵一行人達成目的。」

「悠悠哉哉啊……唔嗯……」

「雷德的店鋪和露緹的藥草農園會由我和媞瑟來照顧，你們就當作放一段長假，好好享受吧。」

的確，梵只要不跟我們碰面就行，因此這應該是最安全的方法。梵的目的是觸底的魔王船文狄達特，回收船隻之後應該馬上就會離開佐爾丹了吧。

畢竟佐爾丹這裡是沒有任何戰略價值的邊境，勇者沒有理由待在這裡。

「既然這樣，那我也留在佐爾丹吧。」

「達南也要留下？可是劉布樞機卿應該看過達南的長相喔。」

「我當然沒打算要見他啦，可是就是有一種不好的預感。」

「……真的假的，達南的預感很準耶。」

我擺出一張苦瓜臉，達南見狀便笑了。

「總之，有我、亞蘭朵菈菈和媞瑟三個人在的話，大部分的對手應該都有辦法應付。而且就算跟他們碰面，我身上也有被勇者隊伍趕出去的理由，很有說服力啊。」

這麼說的達南拍了拍自己的右肩。

失去慣用手的「武鬥家」……以此作為離開戰線的理由確實非常簡單明瞭。

「不過現在的達南比以前的達南還要強。」

看著輕聲說出這麼一句話的露緹，達南驚訝地張口，然後便笑出聲來。

＊　＊　＊

隔天傍晚──

從佐爾丹往河川上游前進一天，用距離來算大概是四十公里。

位於溪谷的村落名字叫做聖杜蘭特村。

據說那裡是在佐爾丹開拓時代大展身手、有如英雄一般的伐木漢子──杜蘭特逝世的地方。

他並不是戰爭英雄，而是接連伐木運來佐爾丹，以此拯救受到山丘巨人襲擊，因而失去房屋與柴火的開拓民，讓大家撐過冬季嚴寒的大力士伐木英雄。

這種行徑隱約帶有佐爾丹的風格，令人對他抱持好感。

「嗯～是個寧靜的地方呢。」

沿著河邊的道路，我們可以看到聖杜蘭特村。

也看得見坡度不太陡峭的山坡斜面蓋有梯田以及木造的房屋。

「聽說是建立在溪谷間的村子，我本來還以為是個更像祕境的地方呢。」

「在夏季期間，喜歡旅行的貴族好像會把那裡當成避暑地的樣子。雖然的確是遠離佐爾丹的鄉下地方，但好像整備得滿完善的。」

能在與英雄有淵源的地方度過夏季，感覺確實像是貴族們會喜歡的土地。

這邊離佐爾丹有段距離，行商人也鮮少會經過這片土地，不過或許是因為貴族們把各式各樣的物品帶了過來，使得適合這個村子的形容詞不是偏僻，而是靜謐了吧。

「哥哥你也沒有來過這個地方呢。」

「畢竟要去採藥草的話不會來這邊，是去平常那座山啊。」

我們在長有雜草的道路上行進。

映入眼簾的村子用來應對怪物的柵欄相較之下還滿有模有樣的，或許是有貴族加以援助吧。

「哎呀，你們是旅行者嗎？」

有個村子裡的男人矗立在柵欄入口的瞭望臺上。

「對，我們想在這邊待一陣子。」

「會在這個時期來這裡旅行還真稀奇。旅舍應該還沒準備好，但你們應該有辦法住下來吧。」

聽這男人的口氣，就知道他很習慣應對旅行者。

「要去旅舍的話該怎麼走？」

「廣場的酒館姑且附有旅舍，但只能租借到馬廄的一個角落和一條毛毯而已。」

我還是騎士的時候曾經住過那樣的地方……不過這樣就太糟蹋難得的休假了。

「哈哈哈，既然如此，比起去住旅舍，你們不如沿路走到廣場，然後順著看板的指示前進，去租個度假屋好了。度假屋由拉里爺爺負責管理，你們去跟他談談看吧。」

「度假屋啊……聽起來不錯耶。謝謝你。」

「放好行李之後，當成打發時間也行，我建議你們去廣場的雜貨店看看有什麼東西比較好喔。畢竟這裡能弄到的東西很有限。」

「原來如此，我們晚點會去看看。」

「那就祝各位在這裡過得愉快。」

男人笑著讓我們進入村子。

＊　＊　＊

「好棒喔，這裡有鋪碎石耶！」

莉特開心地說。

這種規模的村子路面居然不是只把泥土壓平、壓硬，而是有好好鋪設的路面，情況十分罕見。

「這麼說來，我也沒有來過這種像是觀光區的村子呢。」

「與魔王軍的戰鬥中，這種地方並不會是關鍵。」

露緹也對我說的話點頭表達同意並如此回覆。

「我也一樣。雖然曾經去過洛嘉維亞的朝拜聖地那種大規模的名勝，不過這種地方還是第一次來！」

「我們明明經歷過數不清的冒險，沒想到會在這麼近的地方有全新的體驗。」

「真有趣呢！」

我們以開朗的聲音笑出來。

呈現圓形且鋪有碎石的廣場中央有肩負斧頭的英雄杜蘭特的石像，它帶著英勇的神情矗立在那邊。

他是個全身都覆蓋著肌肉的超級壯漢。雖然不是由大理石而是普通的自然石雕刻而成，不過作工十分精細。

能夠表現出這種肌肉的石匠功夫真是了得。

「你們看！這邊的板子上刻有說明喔！」

「我看看喔。」

英雄杜蘭特（姓氏不詳）。

運送數不清的圓木，拯救無家可歸的人們、暴露在冰寒中的人們，以及畏懼著怪獸的人們。

這一切全倚靠那滿溢而出的肌肉。

終極壯漢。肌肉很美。

「原來石匠很愛肌肉啊……怪不得肌肉表現得很有魄力……」

「藝術就是靠熱情呢。」

莉特從各種角度眺望石像，然後「嗯嗯嗯」地點了點頭。

因為她是公主，所以也很懂藝術吧。真不愧是莉特。

「不過我比較喜歡雷德那樣的肌肉比例耶。」

「唔！」

看見我冷不防發出怪聲的樣子，莉特便竊笑出聲。

真是拿她沒轍！

＊　＊　＊

這個村子不是有一間大型旅舍，而是把沒人用的住家拿來當成借宿用的度假屋。

佐爾丹的貴族或者富裕的商人似乎會帶傭人來這裡居住，悠閒度日。

「這種時期有旅行者過來還真是稀奇哪。這是房間的鑰匙。」

我從拉里先生手上接下一串黃銅製的鑰匙。

這裡好像是由拉里先生與他太太負責管理的。

觀光業似乎也是村裡工作退休的人二度就業的職場。

村子基本上採自給自足，也經由觀光業豐富了福利建設與基礎建設。

讓村子變成現在這個形式的人不知道是之前的哪一代村長，不過他一定是個很優秀的人吧。

「也有可能是受過經濟教育的貴族或者商人出手幫忙的呢。」

「有可能喔。無論如何，多虧了他們，看來我們可以享受一段舒適的長假。」

「結束在森林裡的露營特訓之後，接下來在度假屋優雅地休假……盡是一些有趣的事情。」

雖然也有勇者梵這個不安要素……但現在就盡情享樂吧。

我們從管理員小屋往更深處走，抵達由綠意豐沛的林木所環繞的度假屋。

「哦，還挺不錯的嘛。」

莉特看起來很高興地說。

「不知道裡頭怎麼樣呢。」

我插入鑰匙，打開度假屋的門。

儘管裡頭沒有高價物品，但有實用的傢俱、烹飪器具，以及讓人感受到暖意的木製擺飾。

裝潢方面不僅沒有為王都貴族建設的高級旅店那種複雜的作工，窗戶位置之類的設計都是以便於使用為原則，讓人看了就覺得愉快，散發著開朗的氛圍。

「這個地方真棒。」

露緹進入玄關大廳之後，便到處跑來跑去，四處觀看房間。

「寢室有三間，有洗手間、浴池、廚房、飯廳與客廳，放置清掃用具的倉庫在這邊……啊，院子裡還有野外飯廳。」

「裡頭還滿寬闊的呢。」

「我想其中一間寢室是給傭人使用的。有跟廚房連接在一起，後面還有水缸與洗衣處喔。」

「唔嗯～該怎麼分配呢？難得有三個房間，那就一人用一間嗎？」

「「不要。」」

莉特與露緹異口同聲地立刻回答。

就這樣，儘管有三間房間，我們還是決定睡在同一間寢室裡頭。

＊　＊　＊

租借完度假屋，放好行李之後的我們回到村子廣場。

這是為了要去看看之前聽人提過的雜貨店。

「歡迎光臨，就在等你們來喲。」

雜貨店裡有個年約六十的女性迎接我們。

我們住在度假屋的事情好像已經傳遍了，她並沒有因為有人忽然造訪而驚訝，而是笑盈盈地接待我們。

放在店裡桌上的籃子裝有以蔬菜為主的食材，置於牆邊的雙層櫃則放著蠟燭、肥皂、鍋子與平底鍋等物品。

此外，牆上最顯眼的地方則擺上了祕銀製的熱壓三明治機。那是不會讓食材沾黏的好東西。

「我們村子裡沒有肉，假如不嫌棄的話，倒是有河魚的魚乾。」

「河魚的魚乾啊……感覺滿好吃的，就買一些吧。」

我也買了一些其他食材。

蔬菜種類真的不多，不過每一種都長得很好，我等不及要拿來烹調了。

「欸，要不要也買個蠟燭？」

莉特望著雜貨說。

「蠟燭？需要燈光的話，道具箱裡頭有喔。」

「可是用蠟燭平淡的光源來度過晚上，不是也別有一番風情嗎？」

「妳這樣說確實也沒錯。好，那就買吧。」

雖說必要的雜貨我都帶來了，使用這村子裡製作的東西也不錯。

「蠟燭有兩種耶？」

「一種適合實用，另一種則是鑑賞用的喔。」

店裡的女性對我們如此說明。

「那就都買下來吧。」

鑑賞用蠟燭不知道會有什麼樣的效果，真令人期待。

「謝謝惠顧啊。」

笑盈盈的店老闆目送我們離去，我們後來便回到度假屋。

抵達度假屋時附近一帶已經天黑，天上看得見星星和月亮。

我們馬上把買來的蠟燭裝到燭臺上。

「用一根鑑賞用的蠟燭試試看吧。」

我用火點燃蠟燭。

「好特別喔，火焰是紫色的耶！」

莉特與露緹眼神發亮地看蠟燭看得入迷。

「唔嗯，不知道混了什麼東西在裡面，真有趣。」

「可是一點都不亮耶。」

「這就是在黑暗中點起來，專門拿來欣賞的吧。」

我笑著吹熄紫色火焰後，就裝上一般的蠟燭用火點燃。

「嗯～沒有味道呢。」

「看來這蠟燭並不是用獸脂製成的。」

「明明是遠離城鎮的小村落，卻在許多地方都挺周全的呢。」

莉特為此感到佩服。

「看來這次休假會過得很有趣！」

看見莉特一臉開心的模樣，我也隨著她一起笑了出來。

＊　＊　＊

「那麼，晚飯該做什麼好呢？」

我站在度假屋的廚房裡頭，面對雜貨店買來的食材與家裡帶來的調味料思考。

有紅點鮭與鱒魚等各種河魚的魚乾……

「今天就用香魚乾還有番茄吧。」

我拿起自己的菜刀開始烹飪。

「首先從附餐開始做吧。」

熱烤馬鈴薯是把馬鈴薯切一切，再蓋上起司放進烤箱。

蔬菜湯則用橄欖油先炒過蔬菜，再放到鍋子裡面燉煮。

附餐用可以一次把所有人的分量都做好的菜色比較好。

那麼來做主菜吧。

橄欖油平均散布在平底鍋裡，然後將切好的蒜頭丟進去炒。

接著把香魚乾放進去煎……香魚美味的香氣刺激著胃。

「嗯～好香喔！」

「令人雀躍。」

待在飯廳裡頭的莉特與露緹滿心期待。

為了餓著肚子等待我做的料理的她們倆，我得做出好吃的菜色才行。

我重新下定決心，同時把事先處理過的番茄放進鍋中。

用鹽巴調味，上蓋悶煎。

等到煮到恰到好處時拿掉蓋子，再加上一小撮香草粉末就完成了。

「番茄蒸香魚做好嘍。」

先把香魚拿起來裝盤之後，將剩下的湯狀番茄從上面淋下去。

經由番茄的水分來悶煎香魚乾，煎好的魚肉變得飽滿軟嫩。

看見用番茄的紅色點綴的香魚，連我都覺得自己做得不錯。

唔嗯，也加上綠色的香芹吧。

「好，來把剩下的分量做完吧。」

我一邊回想莉特與露緹的神情，一邊繼續完成料理。

＊　＊　＊

飯廳桌上擺著我做好的菜色。

「我開動了～！」

「我開動了。」

莉特與露緹精神充沛地這麼說之後，便開始用起餐來。

「「好好吃！」」

她們倆看起來很幸福地吃著我做的菜。

「鬆軟滑嫩。」

吃下香魚的露緹眼神看起來閃閃發亮。

看見她那個樣子，我也跟著一起高興起來，覺得今天也有做菜真是太好了。

那麼我也來吃吧……嗯，煮得很好吃呢。

晚餐時間大家都持續帶著笑容，安穩地享用了餐點。

真是幸福的時光。

吃完晚餐之後，我們移動到庭院感受夜風，悠悠哉哉地度過。

「回程的時候要不要多買一點這個蠟燭回去？」

莉特看著放在桌子燭臺上微微搖曳的紫色火焰說。

這燭光不足以照亮夜色……可是光芒十分奇幻，也很美麗。

「說得也是，勇者梵離開佐爾丹之後，也想讓媞瑟和亞蘭朵菈菈看看呢。」

「憂憂先生應該也會很高興。」

露緹思念待在佐爾丹的朋友，安穩地露出笑容。

「勇者梵啊……」

「蒂奧德萊……不，她現在叫做愛絲妲呢。根據愛絲妲的預想，他們會在一週內抵達佐爾丹吧？」

我點頭回應莉特的話。

「抵達之後就會去回收文狄達特吧。如果是勇者與樞機卿的命令，佐爾丹當局也無法拒絕，追根究柢來說佐爾丹根本就沒有足以處理那艘船的技術人員。」

「雖然不曉得他們要怎麼移動那麼大的船舶，但有比蒙戒指的話應該一下子就能解決吧？」

「比蒙戒指是『少女搬運了巨人所住的大宅』這個傳說裡頭出現的魔法道具，根據傳說內容，那戒指好像施有同時增加體力與搬運能力的魔法。提高體力之後讓搬運能力變成幾十倍，就有辦法運送重量極大的物體。」

「可是光靠這樣，就能搬運那艘巨大的船嗎？那可沒有巨人大宅那麼簡單喔。」

「他們大概打算使用魔法共同化(Communal Magic)的靈藥(Elixir)吧。那是能夠將施加於自身的魔法力量暫時分給他人的靈藥。他們應該打算分享比蒙戒指的力量，把船運到海上。」

「如果能複製傳說級魔法道具的效果，那就是等級5的靈藥了吧？居然要大量使用？就算是洛嘉維亞的國庫也撐不住啊。」

「這種作戰要是沒有大陸最大的組織——教會全面支援，大概就做不成吧。」

為了露緹，我曾用自己積攢的財產來旅行，不過教會的財力當然遠遠超過我們。

「他們要早點達成目的離開佐爾丹這點倒是令人感謝。」

露緹說。

「是啊。要是他們毫無計畫，來到佐爾丹才煩惱要怎麼搬運的話，我們也會很困擾。這對我們來說不是什麼壞事。」

「而且我也知道『勇者』衝動有多麼嚴厲。比起順從教會的旨意，應該是教會得順從『勇者』的正義才對。」

這點應該確實就如同露緹所說的才對。

「所以，我現在想要好好享受這段時間。」

「說得也是，那我就來弄個蜂蜜牛奶吧。前陣子拿到的巨蜂蜂蜜還有剩喔。」

「好耶。」

只要不會發生什麼事，能夠持續這段安穩就好。

我們一邊這麼想，一邊享受寧靜的夜晚。

＊　＊　＊

同一時間，阿瓦隆尼亞大陸南部的島嶼——

沒有任何青草生長、無比荒蕪的那座島上，棲息著黑暗四龍的其中一種——鹽龍(Salt Dragon)的群體。

那裡以前是仙靈們所居住、綻放著許多花朵而有如樂園一般的島嶼；不過在前任魔王的時代遭受來自暗黑大陸的鹽龍們侵略，就變成現在這種荒蕪的島嶼了。

「鹽龍是司掌停滯與破壞的龍，吹息會讓所有物體生銹，還會用鹽汙染土壤、破壞文明。牠們憎恨所有發展，光只是繁榮就會使其燃起憎惡之火，是十分邪惡的龍。」

劉布以符合聖職人員形象的措辭這麼說。

「是，鹽龍是順從魔王的黑暗之龍，也就是『勇者』的敵人對吧！」

「沒錯、沒錯，邪惡之徒全～部都是梵的敵人，把牠們都殺掉吧！」

梵因「勇者」的敵人眼神發亮，仙靈菈本妲又對這樣的梵心生陶醉且加以肯定。

「我們的目的是要回收位於佐爾丹的魔王船吧？我對於我們像這樣繞路過來有什麼意義抱持疑問。」

愛絲妲提出這趟旅程中不曉得已經問過幾次的問題。

「因為那裡有邪惡。」

然後梵每次都像這樣立刻回答。

「可是這裡的龍並沒有與附近的村落或者城鎮敵對。牠們是不靠近島嶼近海便不會襲來的對手，有必要由我們上岸加以討伐嗎？」

「沒什麼關係吧，愛絲妲？這次的對手可說十分適合讓梵來提升加護等級。而且，據說這裡有被鹽龍奪走的仙靈祕寶啊，拿到祕寶的話並沒有損失吧？」

劉布嘴上浮現令人不太舒服、像是貪婪一樣的笑容。

「對於那個傳說我也抱持疑問。雖說有仙靈祕寶，但在受到鹽龍侵略之前完全沒有留下相關的故事吧？受到侵略之後，才忽然出現的仙靈祕寶……仙靈王之盾。那有可能並不是仙靈的祕寶，而是鹽龍帶過來的祕寶。」

「哎，也有可能是那樣吧。」

對於愛絲妲所說的話，劉布一副懶得應付的態度並如此回答。

「沒問題的。」

梵開朗地說：

「打倒怪物得到祕寶是正確的行為。教會的經典上也是這麼寫的。」

看見梵不帶惡意的笑容，愛絲妲便放棄反駁了。

就如同梵所說，打倒怪物拿取財寶在戴密斯神的教誨當中也是正確的作為。

「可是輕率地隨意製造敵人可是會讓人在日後後悔。我們必須專注在應當優先達成的目的。」

「不對，不是那樣的喔，愛絲妲小姐。『勇者』就是要把所有邪惡根絕。我一直都是這世上所有邪惡的敵人。」

「……知道了。假如這是你身為勇者應當有的態度的話，那我也就不該再繼續說下去了吧。」

雖說方向和露緹不同，梵的心中仍有身為勇者該有的態度和所作所為。

（真沒想到……要當個引導者竟然會這麼艱難……不禁讓人覺得，要是能與吉迪恩大人談談就好了。）

不對，會戴上面具正是為了隱藏真實身分。

事到如今根本就不可能與吉迪恩大人見面還怎樣。

愛絲妲如此改變念頭，如同以往站上隊伍的前衛位置。

梵一行人抵達佐爾丹是在這之後過了九天的事情。

＊　＊　＊

聖杜蘭特村，中午——

我們滯留在這個村子後的第十天。

「已經第十天了。悠悠哉哉確實不錯啦，可是都沒聽到什麼消息呢。」

莉特坐在椅子上，邊喝飲料邊說。

她身上穿的並不是平時那套服裝，而是比基尼與短褲，腳上則穿著涼鞋，打扮得很清涼。

那不管怎麼看都是夏季裝扮，但現在是春天。

「畢竟今天還滿熱的嘛。」

莉特這麼說並笑了出來。

真傷腦筋……老實說，她胸部的溝還有大腿都太亮眼了，讓我不知道該看哪裡才好……不過我不討厭這樣就是了。

「嘿嘿嘿，雷德明明也可以換掉平常這套衣服，穿上裸露更多肌膚的服裝呀。」

「這件襯衫夏涼冬暖，穿起來很棒喔。」

「噗——噗——」

看著發出噓聲的莉特，我露出苦笑。雖然這樣很可愛啦。

「哥哥。」

「哦，露緹也換好衣服了……嗎……」

「嗯，換好了。」

露緹身上穿的並不是平常那套衣服。

「我借了哥哥的襯衫來穿。夏涼冬暖，穿起來很棒。」

心情很好的露緹穿著我的襯衫。

由於尺寸不合，因此很寬鬆。

而且……

「為什麼下面沒穿啊？」

「我平常穿的都是一件式的連身衣物，沒有下半身能穿的服裝。」

露緹穿在我的襯衫下的衣物只有內衣褲而已。

這真的不能讓其他男人看見。要是被人看見的話，我說不定會毫不猶豫地拔劍。

「原來還有這招啊！」

莉特不知為何大喊。

由於我沒辦法穿她們倆的衣服，要是連莉特都穿了我的襯衫的話，我就沒有能穿的衣服了。

「哥哥的襯衫……呵呵。」

不過露緹看起來很開心，應該沒關係吧。

「話說回來，媞瑟他們那邊不知道怎樣了呢？」

「之前曾經說過愛絲妲推測勇者一行人會在一週後抵達佐爾丹，這樣的話他們應該已經到了吧？」

「該怎麼辦？要我過去確認嗎？如果是我的話，長相應該不會被認出來。」

「不，我們就相信大家，乖乖待在這裡吧。梵一行人並不是要來搜索露緹，直到最後一刻之前，都應該避免在這個村子與佐爾丹之間往返。」

「的確，要是有什麼事的話，他們會聯絡我們吧。」

「畢竟對方是『勇者』，不會做壞事，我們等他們離去就好。」

我這麼說，然後坐到椅子上。

「我也來喝點東西吧。」

我把瓶子裡的果汁倒進杯子。

琥珀色的蘋果汁。

這是以釀造蘋果酒的程序做出來的飲品，不過還沒有發酵得很充分，所以幾乎沒有酒精成分。

由於甜味很重，摻水再喝的話口感會變得剛剛好。

「那我們下午要做什麼呢？」

「要不要就這樣在院子裡看書？」

「我想去森林散步。」

莉特與露緹各自說出自己的願望。

「既然這樣……就兩個都做。」

時間還挺充裕的，想做的事情就全部做完吧。

＊　＊　＊

佐爾丹港區──

大白天就在喝酒的外國船員們在大聲唱歌。

他們運來大量的木材，以及搭乘的帆船本身。

與維羅尼亞之間的戰爭中有民用船船破損，大量的木材是用來修理或者另行打造那些船舶。

而這些船員所搭乘的，是兩條船桅上有三角形船帆隨風拍動的卡拉維爾帆船，將會成為佐爾丹軍旗下的新船。

雖說是二手船舶，仍然是速度比以前的軍船還要快的新型船舶。

這艘船將作為佐爾丹軍的旗艦，改名為佐爾丹榮光號。

儘管已經有使用過的痕跡，仍舊是新型船舶。

威廉將軍非常高興，計劃之後要舉辦典禮來慶祝。

船員們還留在佐爾丹玩樂，也是因為他們受邀參加該場典禮，可以免費吃吃喝喝的緣故。

像這樣比平時略微吵鬧的港區碼頭上，有著小小的人影與更小的身影並肩而坐。

「真和平呢。」

戴著兜帽的少女……媞瑟一邊垂釣一邊低語。

媞瑟身旁的憂憂先生自己準備的釣線也正垂落在海中。

「……他們一直沒過來呢。」

媞瑟他們的目的是找出勇者梵。

為了因應從陸路來的狀況，城門那邊有達南與亞爾貝看守。

「會不會是途中繞路了啊？」

對於媞瑟說的話，憂憂先生歪著頭，好像在講「天曉得？」的樣子。

下一瞬間，憂憂先生像是嚇了一跳一樣動著牠的腿。

憂憂先生垂至水面的釣線受到劇烈的拉扯。

牠迅速用兩條前腳抓住釣線，抖動其圓滾滾的身體使勁地拉。

「加油，憂憂先生！」

就像在回應媞瑟一般，憂憂先生與拉得十分緊繃的釣線對戰著。

水面起泡，十分巨大的身影（與憂憂先生相比）就如同逆鱗遭到觸碰的龍一般狂亂地動著。

憂憂先生動起腳來左右來回跑動，控制著釣線使其不被扯斷。

白熱化的戰鬥令媞瑟倒抽一口氣。

「這是會名留青史的戰鬥……！」

原本還以為這場戰鬥會永遠持續下去……但水面身影的動作終於慢了下來。

像是覺得機不可失，憂憂先生使出全力踏穩腳步。

隨著物體衝出水面的巨大聲響，龐大的身影被拉到碼頭上。

「憂憂先生！別大意了！」

媞瑟嚴厲地發出警告。

憂憂先生很快便拉開距離。

凶暴的刀刃揮落在憂憂先生剛才站著的地方。

「那是……國王蟹！」

螃蟹之王——國王蟹。

只要把腿張開，身長會超過一公尺的巨大甲殼類。

長在甲殼上的尖刺外形凶暴，令人聯想到邪惡騎士的甲冑。

其別名叫做帝王蟹。

「為什麼國王蟹會在這種地方出現！明明不會棲息在佐爾丹近海才對！」

國王蟹的黑色眼珠什麼也不透露。

牠只是隨著不屈服的決心舉起巨鉗，打算斬殺眼前的敵人。

與之對峙的憂憂先生是跳蛛的一種。

牠以跳躍躲過國王蟹揮下來的蟹鉗，打算從對方頭上施以一擊。

（！）

國王蟹左方的蟹鉗擋下憂憂先生的一擊，在牠圓圓的肚子劃上一道傷口。

憂憂先生的腦海裡想起小動物界中知名的拳法溝鼠「啾周龍（擁有『武鬥家』加護）」的格言。

——「螃蟹的鉗子有兩個。」

這句格言實在太關鍵了。

國王蟹想要施予最後一擊而再次用右邊的蟹鉗追擊……不過牠將左鉗舉到頭上戒備著跳躍。

那模樣簡直就像舉著劍與盾牌的騎士，是無人能敵的架勢。

不過憂憂先生的跳躍並不是跳到頭上。

而是如同爬過地面一般的低空跳躍。

那是憂憂先生將能夠跳上身長幾十倍距離的腿力用於前進，進而產生憂憂先生風格的雷光迅步。

鑽進國王蟹懷中的憂憂先生直接進一步向上跳躍。

「必殺！昇蜘蛛拳(Spider Punch)！」

憂憂先生沒辦法說話，所以媞瑟代替牠喊出必殺技的名稱。

雖然是臨時想到的招式名，不過名字很帥，媞瑟感到十分滿足。

將憂憂先生的跳躍力凝聚於前腳一處的一擊。

其威力足以擊碎國王蟹腹部的甲殼。

承受如此衝擊，即使強如國王蟹也口吐泡沫，跌出聲響並倒地。

著地的憂憂先生帥氣地舉起兩條前腳，擺出勝利姿勢。

「好厲害、好厲害！」

媞瑟拍了拍手。

「今天晚上就吃螃蟹火鍋吧。」

媞瑟很開心，不過憂憂先生沒辦法吃螃蟹鍋，所以牠搖搖頭，再次把釣線垂落於水面繼續釣魚。

憂憂先生眺望水面的同時瞥了一下媞瑟。

「你說什麼？『那媞瑟有釣到什麼嗎？』……唔姆姆。」

媞瑟釣魚時只會瞄準大尾的獵物。

釣不到的時候就算坐一整天都釣不到。

對於媞瑟來說垂釣就是這麼一回事，不過受到在她身旁釣到大隻獵物的憂憂先生激發，她覺得不甘心。

「你看好嘍，我等一下就會釣到很厲害的東西。」

彷彿要安慰這麼說的媞瑟一般，憂憂先生緩緩擺動牠的腳。

媞瑟看見牠那樣做又「唔唔唔」地發出咬牙切齒的聲音。

他們倆今天也相處融洽。

「嗯。」

媞瑟察覺到什麼，於是看向河川遠處。

（單桅縱裝型的快速帆船，而且那是教會的旗幟……看來他們終於到了呢。）

媞瑟持續垂釣，在心中如此低語。

她使了一個眼色後，憂憂先生便立刻移動，打算把情報傳給亞蘭朵菈菈他們。

「好。」

媞瑟輕輕揮動釣竿，魚餌就從魚勾上掉下來。

這樣一來就不會被魚兒上勾拉走注意力了。

今天的任務是傳達勇者梵一行人抵達一事，還有記住他們的臉和聲音。

媞瑟當然不會刻意接觸，也不會跟蹤他們。

（不知道到底會是什麼樣的人呢——所謂的另一名「勇者」。）

先入為主的觀念會帶來不好的結果。

媞瑟作為一名殺手學到過這樣的教誨，不過露緹的身影無論如何就是會浮現在她的腦海中。

＊　＊　＊

「船竟然開不進去，真是寒酸的港口。」

劉布樞機卿一邊從登陸用的小船下來一邊抱怨。

「劉布先生。」

「抱歉、抱歉。」

被梵投以責備一般的視線後，劉布把手放在後腦勺上並道了歉。

「呵！」

看見他們倆這樣，愛絲妲笑了出來。

「怎麼了嗎？」

梵的話語讓愛絲妲搖了搖頭。

「沒什麼，我只是想到以前的夥伴也說過同樣的話。」

「愛絲妲小姐曾經來過佐爾丹嗎？」

「只是短暫停留一陣子。所以你們就算要我做觀光導覽，我也辦不到喔。」

「哈哈，我們又不是來觀光的……愛絲妲小姐的夥伴啊，那個人也是英雄嗎？」

「可能是也可能不是吧。」

「真想見他一面呢。」

「這點恐怕辦不到。」

「說得也是，我們的目的是討伐魔王，不能毫無意義地繞遠路呢。」

「不，那傢伙已經死了，所以沒辦法見面。」

梵吃驚地倒抽一口氣。

「對不起，讓妳想起夥伴去世的事。」

「別在意。是我自己想起來的。」

「沒錯、沒錯！梵一點錯也沒有！一定是愛絲妲太會抱怨，讓那個人壓力太大死掉的啦！」

「喂，菈本妲！」

梵叱責坐在他肩上的菈本妲，不過菈本妲對愛絲妲輕蔑地吐了吐舌頭後，就逃進梵的口袋裡頭。

「總之快找個旅店住下來吧，我不太習慣坐船旅行。」

劉布樞機卿一副想要趕快休息的樣子這麼說。

「劉布真是沒用耶～在船上吐了好幾次！」

「我現在沒力氣跟妳在那邊七嘴八舌，妳就乖乖跟梵一起玩吧。」

「太好了～有樞機卿大人的認可！」

菈本妲抱住梵的側臉，用她的臉頰摩擦來摩擦去。

梵則看起來很害羞。

「愛絲妲知道哪裡有不錯的旅店嗎？」

對於菈本妲的問題，愛絲妲「嗯」的一聲做出深思的舉止。

「佐爾丹是由城鎮中樞的中央區、農地與冒險者公會所在的北區、職人與商人居住的南區、我們目前所在的港區，還有貧民街南沼區所構成的。品質較佳的旅店應該在中央區或北區，但考量到我們的目的，在港區這裡留宿想必比較有效率。畢竟要移動那玩意兒，還得召集人力才行啊。」

愛絲妲轉身看向背後的河川，遠望在河床觸底的黑鐵船說。

「那已經不是魔王船，從今天開始就是勇者船了。」

這麼說的梵眼裡充滿少年應有的好奇心以及滿滿的希望，同時看向文狄達特。

自遠處觀察著他們的媞瑟心中十分驚訝。

（那就是勇者梵？居然那麼富有感情地笑著，跟露緹大人完全不一樣。）

儘管不曉得理由，但是梵這樣的情形莫名地讓媞瑟感到擔憂。

＊　＊　＊

傍晚，聖杜蘭特村——

我們三個人玩著叫做飛龍競速的桌遊。

「我對哥哥的龍押十枚硬幣。」

「噫，我這一輪要是跑完的話，就是露緹得勝了嗎？」

「這戰略真大膽呢。可是露緹在這裡失去十枚的話，會很難熬吧？」

「剩下的硬幣全部都要押在自己的龍上。」

「我想想……原來如此。這樣子要是我跑完的話，露緹就會險勝了啊。可是這樣一來，為了讓莉特的龍在下一輪取勝，我就一定要行動。這樣會變成二對一喔，妳沒問題嗎？這下子要是莉特的龍取勝，露緹就會破產喲。」

「放馬過來，我相信我的龍。」

「哦哦～這一輪就是決戰了呢！」

我們圍著盤面握起骰子，你一言我一語地開心遊樂。

真是開心的一段時光。

叩叩。

傳來了敲門的聲音。

「是管理人嗎？」

莉特站起身子前往玄關。

「不是管理人，是朋友。」

露緹說。

「朋友？」

莉特疑惑地打開門。

在門外的是……

「憂憂先生！」

乘著鴿子的憂憂先生舉起右前腳問好。

沒想到會是憂憂先生過來傳訊。

「真的是一隻規格很高的蜘蛛耶。」

就連莉特都很驚訝的樣子。

莉特帶憂憂先生和鴿子進來。

憂憂先生用前腳對地面敲了兩下。

「原來如此，你的意思是要對鴿子答謝吧。」

我沒有能夠和蜘蛛交談的技能，不過現在從這隻聰明蜘蛛的舉動中，能夠隱約看出牠想表達什麼。

我把鴿子應該有辦法吃的豆子放到盤子上遞出去。

這時憂憂先生抓了一隻蟲子，當作自己的食物。

「不好意思喔，沒有準備憂憂先生吃的東西。」

憂憂先生抖動身體，示意我不要在意。

然後牠舉起第五條腿，末端有一張小小的紙條綁在上頭。

「是媞瑟捎來的消息嗎？」

我把紙條拿下來攤開。

「勇者來訪，目前沒有問題啊……」

能夠綁在憂憂先生腳上的小紙條寫著這句話。

「這樣暫時沒辦法回佐爾丹了呢。」

「勇者梵要是能儘快取走文狄達特的話就好了。」

「與佐爾丹當局交涉需要幾天，搬運作業就要看比蒙戒指的力量和靈藥的數量而定了吧？」

我看向外頭發覺天色已經變得相當暗。

「你今天要住在這邊嗎？」

詢問憂憂先生之後，牠便點點頭。

「那麼也得準備鴿子的睡床才行呢。」

「咕噗～？」

「我記得……」

我從行李中拿出一個調合用的土盤給牠看。

「睡這個的話，身體剛好可以窩在裡面吧？」

「咕噗～！」

嗯嗯，看來牠還滿中意的。

在沒人使用的寢室中放好盤子之後，鴿子就全身坐在裡頭休息。

以這麼小的身軀就能飛上四十公里的路程，不免讓人覺得鳥類很厲害。

「那麼……」

勇者梵抵達佐爾丹。

對於會演變成什麼樣的事態，我感到很擔憂。

「可是沒有我們能做的事情吧？」

我和露緹的目的是不要和勇者梵一行人碰頭。

信賴媞瑟他們，依照計畫在這裡悠哉度日就是最好的選擇吧。

既然如此，心懷擔憂與緊張過日子就不值得。

「好，總之就繼續玩飛龍競速吧。」

我再次拿起骰子面向盤面。

盤面上有用兩條前腳舉起骰子的憂憂先生在等著。

「咦？憂憂先生也要玩嗎？」

真的是一隻規格很高的蜘蛛。

＊　＊　＊

隔天——

吃完早餐，目送憂憂先生與鴿子離開，開始嶄新的一天。

今天曾談到想在村子裡頭散步逛逛，我們三人便走在村子的碎石路上。

山坡斜面上開墾著梯田，我們一邊望著在田裡搖曳、仍然青綠的小麥，一邊在路上行進。

另外還看見在田裡灑水的村民身影。

「看來是用輸水道從山上引水的樣子。應該是因為水源豐沛，才讓村子裡頭也很漂亮吧。」

遠離城鎮的村子常常有基礎建設不夠完善、由於塵埃與垃圾而弄得髒兮兮的狀況，不過這村子的道路與建築物都整備得很好。

擁有不用擔心生活用水的環境看來相當加分。

「來避暑的貴族不知道都會去哪裡玩耶？」

莉特說。

「應該是在度假屋悠閒地讀書、用餐，或是去河邊玩之類的吧？村子這一帶好像沒有可以帶著獵犬去打獵的地方。」

「嗯，沒什麼大型動物的氣息。」

這個村子平常似乎沒有吃肉類料理的習慣。

或許是因為有河魚、雞蛋與農耕馬的馬奶，所以健康方面沒什麼問題的關係吧。

看起來沒什麼匱乏的感覺。

「不過對我們來說，一直吃魚會有點膩呢。」

「要不要去打獵，看看有什麼能吃的動物或者怪物？」

「要做到那種地步的話還挺麻煩的。」

「的確是。」

就在我們一邊聊著這些一邊行走的時候——

「好痛！」

田裡頭傳來慘叫。

「怎麼回事？」

我們決定去傳出慘叫聲的田裡看看。

「啊啊……痛痛痛……」

小麥田裡頭傳出呻吟聲。

「沒事吧？」

「啊、啊啊……」

「我要進去田裡嘍！」

發聲通知之後，我進入小麥田裡。

我一邊留意不要把小麥踩壞，一邊往聲音傳來的方向走去，後來發現一名年紀大約二十歲出頭的女性倒在地上。

「唔唔……」

我蹲下來確認女性的樣貌。

「腰部撞傷……應該是倒下來的時候造成的吧。有辦法說話嗎？」

「這、這裡……」

女性按著側腹，好不容易擠出聲音回答。

「莉特，幫我用魔法減輕她的痛楚。」

「知道了！水之精靈啊，用澄澈的流水拭去痛苦吧。」

這裡是靠近河川，水源豐沛的土地。

想必與水之精靈的魔法十分搭配。

女性本來臉色發青，現在看起來好像舒服了點。

「這村子有醫生嗎？」

女性搖搖頭。

「我稍微看診一下喔。」

我摸起那名女性的肚子。

「有哪裡比較痛的話請跟我說。」

見女性點頭，我便觸碰幾個地方觀察她的反應。

「啊，痛、痛痛痛痛痛！」

「最痛的地方是右下腹部啊？痛覺的分布……原來如此。」

使用急救專精技能「臨場神醫」得到的結果，急救過程需要用到的藥只有止痛藥。

如果病因是細菌一類導致的感染症，或者源自攝取過的毒物的話，得到的結果應該是把病因排出體外，或者緩和毒素的藥物才對。

而且這也不是內臟有所損傷的病例。如果是那樣的話，得到的結果應該就是堵住傷口的藥水。

「這是內臟的炎症……恐怕是闌尾炎啊。」

我繼續對女性問診，確認她從早上就覺得想吐、曾經嘔吐過，也有疼痛的感覺，我便確定她確實得了闌尾炎。

會倒下來好像不只是因為疼痛，而是暈眩才倒下的。

「闌尾炎的話，我手邊的魔法藥水應該能夠治療……」

若是用上高價的魔法藥水，即使是炎症也有辦法緩和。

可是單只治療炎症的話，大概還是會復發吧。

這次是剛好有我們在，但在離佐爾丹很遠的這個村子裡頭，要是她再次發炎到這種程度的話，說不定會有生命危險。

「總之先把她送回家吧。」

我和露緹以不會壓迫腹部的方式扶起女性後，就把她送至附近的住家。

「我還是先問一下，這個村子裡頭有沒有人有辦法動外科手術？」

「外、外科手術？」

女性光是要理解我說的話是什麼意思就花上一小段時間。

「如果是把疣割掉的話，有個老爺爺技術很好……」

「這怎麼說都沒辦法用割疣的方式來處理啊。」

那麼接下來……雖然我不是醫生，不過懂得把肉切開來，去除刺入身體的箭尖，也會縫合破裂的腸子。我身為騎士受過的教育也包括這方面的知識與技術。

我手邊有麻醉藥與止血劑，而且身邊也有能夠使用治療魔法的莉特與露緹。

已經做好可以動手術的事前準備了。

「我叫雷德，請問妳的名字是？」

「凱特……」

「好，凱特小姐。我是在佐爾丹開藥店的人。妳的盲腸……位於腹部的內臟一部分生病了。」

「內、內臟！」

名叫凱特的女性臉色發青。

「我、我、我已經沒救了嗎……？」

「不，妳沒事，這有辦法治療。」

「可、可是我的母親和奶奶都是因為肚子痛就暈倒去世的呀……所以我一直覺得我會不會也像她們那樣。」

唔嗯，她的家族說不定很容易患上闌尾炎。

「我說過可以治療了吧？方法有兩種。」

「兩種？」

「一種是使用治癒病症的魔法藥水。」

「魔法藥水！啊，要多少……」

凱特聽見魔法藥水這個詞之後不禁想要坐起身子，但因為痛楚而停下動作。

「我、我沒錢可以買下那麼貴的東西啊……」

治癒病症的魔法藥水行情價是六百佩利。

那種藥水裡頭灌有提高自我治癒能力對抗病症的魔法，但無法奏效的病症也很多，有著高價卻不可靠的評價……不過對於非外傷且非感染症的病症有出眾的效果。

由能夠診斷病症的人來使用，確實就得用上價值六百佩利的魔法藥水。不過我有用增量藥水來增量，實質上是一百二十佩利就是了。

儘管如此，對於生活在遠離城鎮的村子這種狹小經濟圈裡頭的村民來說，無論如何都是沒辦法馬上支付的金額。

「雖然價格也是一回事，不過就算使用魔法藥水治好目前的狀態，將來還是有可能會復發。」

「復發是指肚子又會像這樣很痛，然後暈倒嗎！」

「對。」

凱特因絕望而臉色昏暗。

「所以還有一種治療方式。靠那種方法的話，就不會用到高價的魔法藥水，以後也不會復發。」

「那不就只能選那種方法了嗎！到底該怎麼做才好？」

「用手術切除生病的內臟。」

「你說切除……要怎麼做……」

「先用麻醉消除痛楚，然後用消毒過的刀子切開腹部，把那個部位切掉。縫合之後塗上藥草靜養一天後拆線，再塗上藥草靜養個半天以後就能夠行動了。」

就算聽了我的說明，凱特還是顯得相當畏懼。

這個村子連醫生都沒有，我跟她講什麼手術想必讓她感到很害怕吧。

「沒、沒辦法啦。假如你對我做那種事情，我會死掉。」

「就是為了不讓妳死才要動手術。」

雖說如此，我們幾個是她沒見過的外人，要她相信我們、接受手術想必太勉強。

「先請妳的家人過來，之後再討論也不遲吧？」

＊　＊　＊

兩個小時後，凱特小姐的家——

「那麼，先把這個藥錠配水喝掉。」

我把麻醉藥遞給她，要她服下。

「十分鐘後躺到床上再服下一顆，那樣的話妳應該會覺得昏昏沉沉，不過直接閉上眼睛就可以了。」

「嗯、嗯……」

受到雙親與丈夫的說服，她決定要接受手術了。

我本來擔心他們會不會不相信我這個外人所說的話，不過這裡本來就是貴族旅行者會造訪的村子，村民都覺得外面來的人擁有豐富的知識，似乎是這樣子的認知讓事態往好的方向推展。

「好了。」

看到麻醉在凱特身上起作用，我用酒精擦拭小刀。

「雷德不只熟知藥學，也有作為醫生的紮實知識呢。我在當冒險者的時候也曾經學過縫合的方法，但沒辦法做到這種地步。」

為了幫忙而站在我身邊的莉特說。

順帶一提，我現在用的小刀是莉特的個人物品，似乎是從位在洛嘉維亞的古代妖精遺跡中拿到的東西。以未知金屬打製成的那把刀，比鋼刀還要銳利堅硬。

「哈哈，畢竟軍醫的技術也相當參差不齊啊。我們沒辦法帶著巴哈姆特騎士團的軍醫四處跑，就找了其他部隊的人來當軍醫……現在回想起來還是覺得很可怕啊。」

「哦，例如說有什麼樣的軍醫呢？」

「有個軍醫擁有『僧侶』加護，一天最多可以使用四次回復魔法，不過除此之外他連止血的方法都不曉得，就算面對傷者也要先對神明祈禱個好一陣子才會進行急救處理，是個很糟糕的昏庸軍醫。在那種狀況下，大家當然會很認真地聽醫術講習。」

「哇啊，那還真是過得很慘呢。」

看到莉特苦笑之後，我站到凱特身旁。

那麼差不多該開始了。

再次確認放在檯子上的道具都齊全了之後，我開始進行手術。

『跟殺人比起來，讓人活下去又有不同的深奧之處。』

這是達南說過的話。

我歷經數不清的戰鬥，知道皮膚與肉該怎麼切開。

我知道內臟的位置在哪兒，知道刀刃要如何穿刺才能貫穿內臟、殺死對手。

現在這些經驗都成了讓這名女性活下去的力量。

「那麼，莉特、露緹。麻煩妳們幫忙了。」

我覺得點點頭的她們倆很可靠的同時，用刀子抵上凱特的腹部。

＊　＊　＊

「非常感謝你，雷德先生！」

凱特的家人們握起我的手，向我答謝。

這件事也在村民間傳開，大家好像都知道我是救了凱特的藥商。

支付給我的銀幣雖然很少，但我們也拿到許多新鮮蔬菜、雞蛋、雞肉、馬奶、蘋果酒和麥芽酒等在地酒。

此外，今後每天也都會有剛出爐的麵包與剛收採的蔬菜送到我們那邊。

待在這個村子的期間，應該不用愁沒東西吃了。

「我一直以為我會死於跟母親同樣的病……想說那就是神明賦予我的命運，早早就放棄了……」

「那並不是命運，只是可以治療的疾病而已。」

如果是在佐爾丹，應該也可以得到治療。

並不是經由特別的加護所帶來的奇蹟，而是由人類親手克服的疾病。

「那個，雷德先生……為什麼你要為素未謀面的我做到這種地步？」

凱特對我發問。

「雖然我一點也不曉得醫生是怎麼弄的，但是要把肚子切開，把不好的東西割掉一定不是什麼輕鬆的事吧……」

唔嗯……即使對我這樣說，我也不知道該怎麼解釋才好。

「我只是剛好經過，也剛好知道怎麼治療而已喔。」

「雷德先生真是個好人呢……雖然你說這不是命運，可是能夠遇到雷德先生，真的就是神明帶來的恩賜。」

凱特與村民們以單純的信仰心對神獻上感謝的祈願。

由於在我身後的露緹心情有點不好，我就摸摸她的頭安撫她。

「那我明天再來拆線。覺得有什麼異狀的話就叫人來找我吧，我會在度假屋。」

這趟散步變得很辛苦，不過能平安結束真是太好了。

我們回到度假屋稍作休息。

「那我去洗衣服嘍。」

莉特顧慮到我並這麼說。

「謝謝，真是幫了大忙。我很久沒做那種事，感覺有點勞神。」

「沒關係、沒關係，你就放鬆休息吧。雷德今天也很帥氣喔！」

莉特拿著手術時沾到血液的衣服前往盥洗室。

儘管身為公主，不過她也熟知清洗衣物的方法。

不管怎麼說，洗衣服對冒險者來說都是必要的技能。

無論是冒險還是戰鬥，都有數不清的情況會弄髒衣物。

不管是以華麗劍技引人矚目的自大冒險者，或是以可怕容貌揮舞大劍、面容猙獰的冒險者，晚上的時候都會拿起洗衣板和肥皂，彎腰駝背地搓洗衣物。

我們也一樣。在旅行途中無論是達南、蒂奧德萊還是艾瑞斯，大家都需要洗衣服。

在看起來光鮮亮麗的冒險背後，有那種很居家的日常生活。

「我也洗過很多次衣服，學會了洗衣服的訣竅。」

「那時露緹的衣服一直都很乾淨呢。謝謝，妳很靠得住喔。」

當時那支隊伍裡的成員都意外地很擅長那類的事情呢。

「哥哥。」

「嗯，怎麼了？」

「辛苦了。」

露緹走到坐在椅子上的我身邊之後，把手放在我頭上。

「很棒、很棒。」

露緹一邊這麼說，一邊撫摸我的頭。

「謝謝，不過我做的並不是什麼值得誇獎的事情就是了。」

並不是免費幫助人，而是確實拿到了酬勞。

能夠拿到雜貨店買不到的雞肉令人高興。

數量好像很少，就珍惜地使用吧。

用雞骨來熬湯好像也不錯呢。

為露緹和莉特做菜是我現在的興趣，而我也想在這裡嘗試烹調各種菜色。

以金額價值看來那或許是很便宜的酬勞，不過在遠離佐爾丹的這座村子裡頭，比起拿到許多銀幣，能夠拿到讓這段休假開心的酬勞更有價值。

所以我也不是毫無私心地去幫助別人。

「而且啊，說真話我是因為很閒，才會覺得乾脆連手術都自己來好了。平常我只會做急救，然後建議他們去佐爾丹治療而已喔。」

「我覺得哥哥很棒，所以才誇獎哥哥。哥哥不用在意，讓我撫摸你的頭就好。」

露緹沒有退讓，仍然摸著我的頭並說著「好棒、好棒」。

我拿露緹沒辦法，就順著她的意閉上眼睛。

我應該真的累了吧。

等注意到的時候，我已經睡著了。

＊　＊　＊

我作了夢。

看見衣服沾滿泥巴，幼小的露緹被媽媽罵了。

身為「勇者」的露緹沒辦法對陷入困擾的他人坐視不管。

那件髒掉的衣服想必也是幫助了誰之後造成的結果吧。

想到這一點，我就沒辦法忍受露緹在那邊被責罵這種不講理的情形。

我站到媽媽面前，對媽媽的每一句話都舉出理論加以否定。

我跟她說露緹做了正確的事，所以她被罵是很奇怪的事情。

媽媽後來終於放棄……表情痛苦地離去。

媽媽也知道露緹不是因為嬉戲才弄得那麼髒。

她會罵露緹，想必是不希望露緹犧牲自己去幫助他人吧。假如露緹一直以那種方式生活下去，總有一天會後悔。

媽媽身上僅有平凡無奇的加護。對她而言，那種道理是比孩子多活了一大段人生的雙親應該教導孩子的事。

然而露緹是「勇者」，即使要犧牲自己，她也不能不去幫助別人。

所以這都是無可奈何，就連媽媽疏遠露緹也是無可奈何的……

「哥哥。」

露緹看著我的臉。

我放鬆緊繃的臉笑出來，撫摸露緹的頭。

「妳很努力呢，做得很棒喔。」

「我是『勇者』，所以一點都不棒喔？」

「或許是吧，不過我覺得露緹很棒，所以才會像這樣摸妳的頭。露緹妳不用在意，只要讓我稱讚妳就好嘍。」

「……我知道了。」

我撫摸幼小露緹的頭。

她緊緊揪住衣角，然後低著頭。

真令人懷念，這是我小時候的記憶。

那天還很幼小的露緹，現在會稱讚我並撫摸我的頭。

露緹這樣子的成長令人開心。

她真的成長成一個獨當一面的女孩子了……

希望露緹今後的人生也一定要洋溢著幸福。

我在朦朧的意識中如此祈願。

＊　＊　＊

隔天中午——

術後的拆線結束後，我又拿到了一些食材，回到度假屋裡頭。

「好啦，來做午飯吧。」

我已經決定好今天午餐的菜色了。

我把收到的雞肉與事先備好的蔬菜下鍋炒，然後把水加到鍋子裡頭。

今天的午餐來自英雄杜蘭特的故鄉，據說是這個村子世代都會食用的鄉土料理。

「然後，把我收到的這個粉末加進去熬煮，再把這些跟其他辛香料一起炒過的麵粉加到鍋子裡就可以了吧。」

既然會加麵粉，應該會變成濃稠的湯品吧？

我根據人家教我的分量加入辛香料與麵粉。

「變成很猛的顏色了喲。」

湯的顏色是毫無透明感的棕色。

「連氣味都很有刺激性耶。」

到了這種地步還真的讓我有點不安。

「唔姆姆。」

烹調未知的料理就是場冒險。

既不曉得完成時會是什麼樣的味道，說到底就連好不好吃都沒辦法保證。

沒辦法判斷以正確步驟做出來的菜到底正不正確，簡直就像一手拿著不知是真是假的藏寶圖就出海航行一樣令人不安。

「哦，那就是所謂的咖哩嗎？」

莉特與露緹一邊抱起我的背，一邊窺探鍋子裡頭。

「真獨特。」

露緹好像很感興趣地凝視著煮得滾沸、叫做咖哩的料理。

沒錯，今天的午餐就是咖哩。

「不知道有沒有問題耶。保險起見，我還做了雞肉沙拉就是了。」

「沒問題啦，就算不好吃也會留下深刻的回憶呀！」

「這麼說也沒錯啦。」

「試毒就交給我，我會恢復『勇者』的抗性來看看這能不能吃。」

「沒想到會有露緹為我做的菜試毒的一天啊。」

「明明旅行的時候也可以讓我這麼做，但是哥哥很頑固。」

旅行的時候我只會使用我確定安全的食材。

要是因為吃入的東西導致戰鬥能力降低，因此輸給魔王軍，那可一點都不好笑。

身為負責做飯的人，那是一定要避開的事態。

所以在旅行期間，我並不會像這樣用不知道原物料是什麼的辛香料來做菜。

「令人雀躍。」

露緹雀躍得甚至把心情訴諸成語言，使得氣氛緩和下來，我則等待這道咖哩完成。

後來又等了三十分鐘。

結束最後一道手續後，咖哩終於完成了。

「唔、唔唔嗯。」

儘管我煮過許多菜色，這次這道菜真的包含許多未知數。

「試毒與品嘗。」

露緹面對我張開嘴巴。

「啊～」

「嗯，不好吃的話要直接說喔。」

我稍微冷卻一下用湯匙舀起來的咖哩，再遞到露緹嘴裡。

露緹一口把咖哩吃下去。

「……怎麼樣？」

「會辣……不過很好吃。」

「這、這樣啊，那我放心了。」

我也吃了一口看看。

那個粉末好像摻了辣椒與胡椒。

會辣的原因是那兩項材料吧。

不過，這不只有辣味，還有各種辛香料混合而成的獨特風味。

「除此之外好像還用了四種左右的辛香料。」

「我也要嘗嘗看！」

「當然可以呀。」

我打算把湯匙交給她，不過——

「啊～」

莉特也張開嘴巴等著。

「你要記得吹涼喔。」

「好好好，我知道啦。」

我一邊苦笑，一邊照著莉特的吩咐讓她品嘗。

莉特有時候會變得很愛撒嬌呢。

「我品嘗看看喔……唔嗯、唔嗯……啊～我喜歡這個滋味！」

莉特好像很喜歡這道菜色，想要再吃一口而把嘴巴張開。

「好了、好了，接下來就好好盛到盤子裡頭再吃吧。」

「好～」

「外頭天氣也不錯，機會難得，我們就到院子裡頭吃吧。」

「贊成！」

我把這道叫做咖哩雞的料理和雞肉沙拉，還有剛從井裡打上來的冷水排列在屋外飯廳的餐桌上。

我們望著綠意盎然的春季山景，吃起帶有辣味的棕色咖哩。

「這個咖哩可以配麵包或麵條一起吃吧？」

「我今天有準備麵包喔。」

「我嘗嘗看……嗯，很搭喔！」

莉特用餐的速度快了起來。

看來她很喜歡這一餐。

「在杜蘭特的故鄉好像是跟米飯一起吃，不過這裡沒有米飯，有點可惜呢。」

「如果要吃到百分百重現的杜蘭特咖哩，就只能等到佐爾丹的交易品有賣米飯的時候呢。」

「希望總有一天能吃到耶～」

我也同意莉特說的話。

「在這個村子裡頭好像也是有事慶祝的時候才會吃的料理，不過必要的食材全部都能在村子裡頭收穫。等我們弄到米飯之後，再來這裡一趟吧。」

「好耶！」

「哇～」

莉特與露緹舉起雙手表達喜悅。

若是作為勇者來冒險，便不可能來到這個鄉下村落。

在這裡吃到的料理十分美味，我們開心地笑著，度過了一段幸福的時光。

＊　＊　＊

佐爾丹，位於中央區的某間餐廳大廳——

為了歡迎勇者梵、劉布樞機卿，以及擊退水之四天王的愛絲葛菈妲的來訪，裡頭正舉辦著立食餐會。

「沒想到會有在佐爾丹這個小地方迎接勇者大人與樞機卿閣下的這一天。而且，覆面騎士愛絲葛菈妲閣下的活躍也在這個邊境傳開了。這場小小的歡迎會若能成為各位冒險回憶的一部分，對我們來說將是無上的喜悅。」

特涅德市長這麼說並舉起杯子。

周圍的佐爾丹貴族們也像他那樣舉起杯子。

「乾杯。」

伴隨著舉至半空的杯子，眾人發出歡聲。

傳說中的勇者造訪佐爾丹本來是不可能發生的事情。

嚮往中央繁華世界的佐爾丹貴族們內心會感到飄飄然也是在所難免吧。

「唔呵呵，我在船上的時候很不舒服，沒辦法好好享受，不過今天就來好好地吃一頓吧。」

劉布樞機卿那張大臉沒氣質地顯露賊笑，把手伸向眼前的菜餚與酒。

「而且都獻上美食與美酒了，再來就是美女……我已經跟懂行道的貴族提過了，所以應該會把女人弄來才對，唔呵呵。」

劉布伴隨勇者旅行的期間過著禁慾的生活，一想到可以宣洩他壓抑許久的慾望，他的面容就越來越不堪入目，賊笑的表情變得越來越明顯。

（真是庸俗啊……）

看見劉布那低俗的樣貌，愛絲妲在心中苦笑。

如果她還是蒂奧德萊，就會罵劉布說：「聖職者怎麼可以這副德行！」不過……

（要離開萊斯特沃爾大聖砦陪伴勇者旅行，那樣庸俗的人或許比較好應付。）

與雷德等人一同旅行過的經驗，讓愛絲妲擁有了柔軟的價值觀。

（不過，問題在於另一邊吧。）

愛絲妲看往另一個方向，稍微嘆了一口氣。

本應位居餐會中心的人物——勇者梵毫不掩飾他不高興的神情，面對向他問好的貴族也一直擺出愛理不理的態度。

「喂，梵。」

愛絲妲看不下去，便對梵搭話。

「什麼事啊，愛絲妲小姐？」

「我們去外頭聊幾句吧。」

「不錯耶！我也正好想要去外頭透透氣！」

梵充滿精神地回覆……聲音大得連周遭的人都聽得見。

愛絲妲將手指按在自己的額頭上低吟一聲。

修道院應該有教他待人接物的禮節才對……但梵的態度真的太糟糕了。

愛絲妲與梵移動至沒有其他人的二樓露臺。

「呼……我說啊，梵。雖然我不會要求你態度要好一點，但你能不能盡力隱藏自己的心情不好？」

「這是一如以往的問答呢！」

梵的表情從待在餐會裡頭的不悅神態轉為看起來很開心的神情。

「聽我抱怨有那麼令你高興嗎？」

「這是當然的啊。對我這個還沒獨當一面的『勇者』來說，與加護等級很高的『十字軍』愛絲妲小姐談話能讓我學到許多事物。」

愛絲妲察覺到那番話並不是場面話而是出自真心，便繃起了面容。

會有這樣的反應，是因為梵從來沒有因為愛絲妲的話語改變過自己的想法。

愛絲妲甚至覺得與梵交談根本一點意義也沒有……愛絲妲很感慨，因為她越來越沒有辦法理解梵這個人。

不過她現在並不是為了思考這種事才把梵帶到外頭。

「……梵，他們是之後要幫忙搬運文狄達特的人，你對他們要再多尊重一點。」

「妳說尊重嗎？」

「沒錯，就是尊重。他們可是為了你這個勇者的到來而舉辦了今天的餐會喔。我不會要你像維羅尼亞貴族那樣擺出八面玲瓏的笑臉把整個會場走過一輪，但你至少不要擺出不高興的表情。」

「嗯～歸根究柢，為什麼『勇者』一來就要舉辦餐會？」

「你問為什麼……以餐會的形式來表現對勇者的憧憬還有對勇者的職務表達感謝，難道真的有那麼不可思議嗎？」

「很不可思議啊。『勇者』會拯救人們是因為神明讓世界這麼運作，根本就不需要什麼憧憬跟感謝吧？這種餐會一點意義也沒有。」

「就算對你來說是那樣，但是對其他人而言並不是。勇者不是應該賦予人們面對邪惡的勇氣嗎？」

愛絲妲並不覺得梵會全盤接受她所說的話。

然而，「勇者」加護會賦予人們勇氣的說法，應該與教會的解釋一致才對。愛絲妲打算以這個角度傳達她自己的想法。

可是，梵卻以目瞪口呆的表情搖了搖頭。

「不對，不是那樣喔。」

「什麼？但你應該曾經讀過教會的論點才對，那可是清楚地敘述『勇者』的責任之一就是賦予人們挺身一戰的勇氣。『勇者』也有必須引導他人奔赴戰場的時候，因此需要理解、尊重人心，還得為自己的行動負起責任才對。」

「我當然曾經讀過對加護加以解釋的論點。所以那代表『勇者』出現的時候，人們自己鼓起勇氣一起應戰就是理所當然的義務吧。」

「啥……？」

梵的話語中沒有多餘的感情，就只是那麼純粹。

「『勇者』出現的話，人們就得一起戰鬥到死去才行。那就是神賜予人類的命運，所以鼓起勇氣戰鬥是理所當然，拿出勇氣以後受死也是理所當然。沒必要感謝也沒必要憧憬，在這之中應當懷有的，就只有對戴密斯神的信仰而已。」

「……你的意思是，要為了『勇者』而戰的人們去死，而且對於這種情況你也不帶有任何感情？」

「是的，殉教是信仰，而感情並不純粹。」

在眼前說著話且一同旅行的少年，距離自己實在太遙遠了。

愛絲妲沒辦法讓自己不去這麼想。

＊　＊　＊

兩天後，聖杜蘭特村——

「早安！」

玄關傳來村裡的少年開朗的聲音。

我把門打開之後便看見外頭站著一名少年。他拿著的籃子裡頭裝有蔬菜、蛋，還有魚乾。

「謝謝。」

我對少年答謝之後，給他一枚銅幣當作小費，然後接下籃子。

「非常謝謝你，雷德先生！我明天還會再來！」

精神飽滿地離去的少年背影讓我的心情很神清氣爽，而我也把食材收納至廚房旁邊的儲藏庫。

看來今天也會過得很愜意。

我們吃完早餐後，決定在中午之前都要在村子外郊散步。

從度假屋往山地走，沉浸在春季的原野之中。

吹起風的時候便會飄來花香，如此舒適的環境讓我不禁瞇起眼睛。

「這村子真不錯呢。」

莉特笑著這麼說。

「是啊，這村子真不錯。」

我也笑著回應她。

露緹發覺有蜜蜂停在花朵上，便蹲下來觀察。

「膨膨的。」

看見花粉沾到身上而顯得膨膨的蜜蜂在飛，露緹便開心似的如此低語。

「蜜蜂就是那樣子代替無法行動的花朵來運送花粉。雖然花蜜和花粉對蜜蜂來說都是食物，但對於花朵來說，為了能夠授粉，蜜蜂是不可或缺的存在。這個村子裡的蔬菜也是因為有蜜蜂在運送花粉才得以長大喔。」

「蜜蜂明明是為了自己和夥伴的巢穴而行動，卻也會為花朵或我們帶來好處，好厲害喔。」

露緹凝視著逐漸飛走的蜜蜂背影。

看在身為「勇者」、過往必須為了他人而活的露緹眼裡，蜜蜂的生活方式很特別也說不定。

而在這個時候——

「全體！舉起長槍！」

我聽見了吆喝聲。

「一——！二——！三——！」

接著傳來幾個人同時喊叫的聲音。

這是……訓練的聲音吧。

往吆喝聲傳來的方向過去後，有孩子們聚在留有採伐痕跡的廣場訓練操持長槍。

「是戰鬥訓練啊。」

村子周遭沒人居住的地方不只有動物，當然還有怪物棲息。

儘管這一帶似乎沒有強大的怪物棲息，不過能夠守護遠離佐爾丹的這個村子的人，就只有住在這個村子裡頭的人們。

這並不是什麼稀奇的景象。說到底，住在這個世界的人們本來就會為了讓加護成長而學會戰鬥技術。無論是哪個村子，都會在孩子還小的時候教導運用武器的基本功。

我的情況是該接受戰鬥訓練的時候就已經一個人跑到森林裡打倒過怪物，所以沒有接受戰鬥訓練。

「那是蓮華流吧。」

年長的孩童在讀的是亞蘭朵菈菈所撰寫的蓮華流棒術教則的抄本……裡頭節錄了將棍棒當作長槍操控的技術。

讀著已經相當破舊、頁面有許多摩擦與脫落的那個抄本，孩子們正在學習操持長槍的基本技術。

「啊！早上那個孩子也在呢！」

正在訓練的孩子們裡頭也有早上帶來食材的少年。

他拿著沒有特別裝飾，對孩子來說有點過大的長槍空揮練習，使出突刺與揮落等基本招式。

「讓人會心一笑呢。」

莉特看著孩子們的模樣說。

與其說是揮舞長槍，絕大多數的孩子都是被長槍帶著走的感覺，不過他們拚上全力訓練著的模樣的確令人會心一笑。

我們坐在樹蔭下，稍作休息順便觀察他們訓練的情形。

之前與達南他們一起空揮訓練的事情，現在莫名地令人覺得懷念。

明明就是不久前的事情，卻覺得跟我們現在看著的平和光景是不同的世界。

「九十八——！九十九——！一百——！」

空揮一百次之後，孩子們把長槍放至地面，坐到了地上。

「累死我了～」

「手臂好痛～」

說著這樣的話，同時和身旁的孩子互擊手臂的他們看起來還很有精神。

「啊，是雷德先生！」

那名少年注意到我。

「你說的雷德先生，是從佐爾丹來的那位醫生嗎！」

理應很累的孩子們站起身來，一齊跑向我們。

真的很有精神耶。

「你們好。我不是醫生，是藥商喔。」

「你好！不過爸爸說雷德先生是佐爾丹很厲害的醫生喔！」

「我爸爸也這麼說！」

「是很厲害的頂尖醫生吧！」

孩子們興奮地喧鬧起來。

比起我講的話，或許父母說的話更有渲染力吧。

莉特和露緹好像覺得很有趣一般在我身後笑著。

「好了、好了，你們不用繼續訓練嗎？」

「啊，要繼續才行！」

孩子們前去拿取長槍，特地跑回來我們這邊，在我們眼前再次開始訓練。

就像要對我炫技一般，展現著平時鍛鍊的招式。

由於那樣的孩子們實在太可愛……

「握法改成這樣會比較好喔。」

「嗯！」

「作為軸心的腿沒站穩喔，要更注意重心。」

「像這樣嗎！」

「向上揮的幅度再低一點也沒關係。長槍長度很長，所以不用大幅向上揮也會有很強的威力。」

「知道了！」

不知不覺間，無論是我、莉特還是露緹，都不禁參加起孩子們的訓練。

「你的基本功已經練得很好，開始學『劍鬥士(Gladiator)』使用長槍的技巧會比較好吧。」

「咦咦，你怎麼會知道我的加護！」

看見孩子為此驚訝，我就像展現了戲法一樣感到開心。

「因為我學了很多東西啊。」

「真是厲害。假如我也在佐爾丹學習，能有辦法變得像你一樣嗎？」

「假如努力學習許多知識的話或許可以，可是這樣就會跟爸爸媽媽分開了喔？」

「嗯——我不想要那樣……還是算了吧！」

孩子這麼說，看似害羞地笑了出來。

「要是我不在了，照顧田地的人手就會不夠了嘛。」

雖然在掩飾自己的害羞，但這孩子其實滿可靠的。

他持長槍的右手上長的繭並不是戰鬥訓練所造成，而是農具摩擦出來的。

想必是每天都在幫忙割草之類的工作吧。

「劍鬥士」加護在加護等級10的時候會有一段難熬的時期，但成長到超越那個階段的話，就是能夠成為一流冒險者的強大加護。

若要以英雄為目標，該用怎樣的順序來取得技能就很重要。

不過，這名少年的目標並不是專注於戰鬥、讓加護等級大幅度成長的人生。

「技能的部分，先把『武器熟練：長槍』、『洞察』與『化解』各自練到等級1，再將『體力強化』與『耐久強化』都練到等級3應該會比較好。後面如果能拿到『武技：衝擊劍』，應該就不會輸給這一帶的怪物了。」

「這樣啊！村子裡頭沒人有辦法教我『劍鬥士』加護的事情呢！」

「好好喔，也教我一下嘛！」

「我也要！我也要！」

「知道了、知道了。照順序來喔。」

「太好了～」

其他孩子們擁有的加護，是世間一般常見的「鬥士」、「戰士」、「魔法能手」以及「僧侶」。

其中也有一些孩子尚未接觸加護，對於那樣的孩子我就教導他們技能取得方法的通用道理。

「雷德先生好厲害～！」

偶爾像這樣教導孩子們也挺令人開心的呢。

面對會老實表現喜悅與不甘的孩子們，莉特與露緹也樂在其中。

像這樣陪孩子們互動的時候——

「喂～」

傳來了呼喚孩子們的聲音。

轉向聲音傳來的地方後，便看見原本在村子入口看守的男人正往我們這裡走來。

「好像有人在村外發現食人魔之子。預防萬一，你們趕快回家去！」

「食人魔之子！」

孩子們嚇得紛紛發出騷動。

「好了，別在那邊鬧，快回去、快回去！」

「好～謝謝雷德先生教我們這麼多東西！」

「再見嘍～！」

「掰掰～！」

孩子們充滿精神地道別之後便跑走了。

「哈哈，看來孩子們跟各位打成一片了呢。」

「看見他們在訓練之後，自然而然就這樣了……我們很開心喔。」

「偶爾照顧孩子也挺快樂的。」

「每天照顧會很累人嗎？」

「我家小鬼今年五歲，他真的是太有精神了，我的體能根本跟不上他啊。」

男人這麼說並笑了出來。

從他的笑容當中，可以看出他是打從心底愛著自己的孩子。

「話說回來……有食人魔之子出現嗎？」

「是啊，伐木的基尼說他看到了。雖然基尼是會把枯葉看成哥布林的那種人……但還是小心為上。」

食人魔之子是被視為食人魔亞種的怪物，體格比食人魔嬌小，身長大概兩公尺。儘管肌肉發達而擁有比人類強大的肉體，但智商較低且不會使用武技或道具。

也有人說那種怪物是人類與食人魔的後裔，不過人類與食人魔之間產下孩子的紀錄並不存在。食人魔之子這種名字應該也是依照牠們的外表所取的吧。

目前一般的學說認為那種種族與人類無關，是食人魔的亞種怪物。

「這村子常常有食人魔之子出現嗎？」

「偶爾會有。牠們平常不會來村子這邊，應該不會有什麼問題，可是在人數稀少的情況下步行很危險……六年前發生過郊外有戶人家一家都被吃掉的事情。」

「那還滿可怕的耶。」

「雷德先生最好也回到度假屋比較好，村子裡的年輕人會負責巡邏。」

食人魔之子並不是很強大的怪物，就算是佐爾丹的冒險者隊伍，也是只要有C級以上便能放心託付的對手。

如果這裡是佐爾丹的話，我就會交給別人，自己過上慢生活……不過村裡的義警隊並不是專業的戰士，只是幾名自願者聚集在一起而已。

「要不要我去調查看看？」

「咦？不、不行，怎麼可以讓身為旅行者的雷德先生去做那種事……」

「調查的部分只有今天才會做，如果發現到什麼就交給你們處理。在村外散步順便調查一下也不壞。」

「說是散步順便，可是說不定有食人魔之子在耶？」

「別看我這樣，我對自己的實力可是挺有自信的。」

「嗯——」

他兩手環胸煩惱著。

「沒問題。」

露緹把手舉高站到我前方。

她的手裡握著細小的樹枝。

「你看好了。」

「喔、喔？」

露緹忽然停止呼吸，然後用力揮下樹枝。

「咦？」

男人一副不知道發生了什麼事情的樣子……

不過男人背後傳來「咚隆——」的一聲巨響，使他急忙轉身。

「這、這是怎麼回事啊啊啊啊！」

背後的大樹被劈成兩半倒了下去。

露緹讓劍氣流進細小的樹枝之中，再把斬擊拋射出去。

如果用的是劍的話，應該有劍士能做到一樣的事，不過能用沒有刀刃的細小樹枝使出這種招數的，大概只有露緹了吧。

「我們很強。」

「我、我理解了。」

對於露緹說的話，男人的喉嚨發出「咕嘟」聲響，連續點頭好幾次。

第三章 一切皆是為了加護

我們先回度假屋一趟，吃完簡單的午餐、換上野外用的服裝之後，便前往村外。

來到圍住村子的柵欄外在林木底下的草木上行走，確實是有點不好走的散步。

在藤蔓、樹根與腐葉土所覆蓋的鬆軟地面上行走需要一點訣竅。

「因為最近都悠閒度日，像這樣走在有冒險氛圍的路上還滿令人開心的呢。」

莉特的「精靈斥候」是擅長在這種森林裡頭活動的加護。

我們這次讓莉特打頭陣，尋找食人魔之子的蹤跡。

「目前看來沒有蹤跡呢。」

「說不定是那個人看錯了……抱歉啊，我不禁想要多管閒事。」

「沒關係、沒關係。如果是看錯食人魔之子那種東西，就再好不過了。」

莉特以開朗的嗓音這麼說。

露緹也點頭表達同意。

「莉特說得沒錯，而且像這樣跟哥哥一起走路也很開心。」

露緹注意不弄破蜘蛛網，歪斜著身體說。

「明明身體很小，卻能結出這麼大的網。」

以「勇者」身分旅行的時候，露緹會毫不在意地去除蜘蛛網；不過她現在似乎對森林裡棲息的無數生物抱持著興趣。

就像要取回以前被強制拯救世界而褪色的時光，露緹的現在鮮明地閃閃發亮。

這時，莉特突然停下腳步。

「雷德。」

「嗯，發現什麼了嗎？」

我靠近莉特的身邊。

「看看這個。」

「唔嗯，是足跡啊……看來那個人沒有看錯呢。」

「嗯，我想這應該是食人魔之子的足跡……可是——」

莉特露出若有所思的表情，然後繼續說：

「這是有意消除足跡的痕跡呢。」

「對，不會有錯。食人魔之子移動時會一邊消除足跡一邊移動。」

這代表牠們採取行動是為了不讓對手察覺。

冒險者在偵察怪物巢穴時，也常常會一邊消除痕跡一邊行動，避免被怪物察覺。

「可是一般的食人魔之子不會做出這種行為吧？」

「是啊。食人魔之子的智商連拿棍棒當武器揮舞都無法理解，我不覺得牠們有辦法隱藏足跡。」

看來交由我們調查是正確的選擇。

「我們就拿出一點本事，好好調查吧。」

「了解！」

「好～」

接下來我們決定認真調查。

我們提高速度，一口氣調查村子的四周。

接著，便發覺有很大的範圍都有食人魔之子想要消除蹤跡的痕跡。

「剛好有一隻食人魔之子有消除足跡的習慣」這種可能性就這樣被排除了。

「以這感覺看來，應該至少有三十隻吧。」

情況比預想得還要嚴重。

一般來說，食人魔之子決定要襲擊人類聚落之後便會立刻行動，因為牠們不會思考對方到底有多少戰力。

然而這些食人魔之子面對那個小小村落，居然會慎重地加以偵察。

牠們不是一般的食人魔之子。

我們決定先回村子一趟。

「雷德先生！」

全副武裝的村民們在村子裡頭待命。

由於防衛方面沒有仰賴佐爾丹的衛兵而是自給自足，危機感還滿夠的呢。

「狀況有變，把村裡的人都集合起來，一起找個地方避難比較好。」

「咦咦！」

村民們以困惑的表情面面相覷。

跟他們說一直都很和平的村子有危機逼近，畢竟很難取信於人，他們會感到困惑也是在所難免。

那麼，該怎麼說明才能讓他們理解目前狀況很危險呢……

然而，村裡的人並不像我擔憂的那樣，而是同意我說的話並且回答：

「知道了，我們馬上就把大家集合起來。由於沒有屋子可以讓所有人都集中在一起，會變成要讓大家聚集在廣場周邊的房屋，這樣子可以嗎？」

「都在廣場的話，用喊的就能知道各自的狀況。只要處在有事的時候能讓其他人馬上察覺的距離就可以了。」

「好，你們幾個！要到處叫人嘍！」

「「「是！」」」

他們馬上就照我說的展開行動。

避難順利地進行，廣場四周的建築物持有人也二話不說就把房屋借給其他村民。

就算是在頂著勇者頭銜與魔王軍戰鬥的時候，也很難在還沒發生任何損害的狀況下讓大家一下子就相信我們所說的話。

這樣一來，看來有辦法在人員損害為零的狀況下解決一切。

我對村子裡的人說明狀況，擬定守護村子的作戰。

「我想應該沒有問題，不過還是要有農作物或家畜會受害的心理準備，把村民的性命擺在第一優先。」

「知道啦，大家都沒死就是最好的了。」

「食人魔之子就由我和莉特找出住處再加以討伐，這裡會由我妹妹留下來護衛，希望你們不要擔心。」

「如果是那位用小樹枝砍樹的女孩就令人放心了，真的非常感謝……雷德先生與莉特小姐也請務必小心。」

「沒事的，交給我們吧。」

我斬釘截鐵地如此斷言。

＊　＊　＊

我跟莉特再次來到村子外頭。

時間是下午四點左右。

天色忽然變得陰暗，雨勢慢慢地越下越大。

「忽然下雨了呢……山上的天氣還真容易變耶。」

「還好現在不是冬天。」

我和莉特戴上大衣兜帽抵擋雨勢。

「是這裡呢。」

找到蹤跡的是莉特。

多虧有莉特在，我們沒有迷路地在森林裡頭前進。

「不過牠們消除足跡蹤影的技術還滿不錯的。如果這裡不是森林，說不定就追不上他們了。」

「這些食人魔之子居然能讓莉特說到這種地步……看來不能大意啊。」

照理來說我們不可能輸給區區食人魔之子，不過怪物身上也有加護，可以藉由殺死其他對象獲得成長。

怪物很少帶著強大的加護誕生於世，不過也有極少數的例外。

我也曾經討伐過嘴裡銜劍，四處作亂且蘊含「武器大師」加護的霜狼。

「畢竟還有『勇者』梵的事情要顧，希望能在這裡做個了結啊。假如我們沒辦法處理，就要聯絡佐爾丹那邊了吧。那樣的話，無法坐視他人有難的『勇者』就有可能會來到這個村子。」

「那樣就不太好了呢，我們得靠自己處理才行。」

莉特碰觸佩在腰間的曲劍劍柄。

那是配上獅鷲獸羽毛裝飾，莉特慣用的曲劍。

雖說不是沉眠在遺跡裡頭那種傳說中的魔法劍，但也是軍事大國洛嘉維亞的技術所鍛造出來的名劍。

因為有莉特在，無論前方有什麼樣的強敵，我都能放心把背後交給她。

「在這裡喔。」

「知道了。」

隨著莉特的帶領，我們前往森林的更深處。

「話說回來──」

邊注視地面邊行走的莉特嘀咕似的說：

「村裡的人們都很配合，真是幫了大忙呢。」

「的確，他們相信我們這些外部人士的話而跑去避難真的是太好了。就算強如露緹，要一個人守護整個村子也很困難。雖然露緹不可能會敗陣，假如距離她很遠的地方同時受到襲擊，說不定就會有人受害。」

露緹就算是最強的人，也單純只是一個人類。她沒辦法守住自己不在的地方。

不過要立刻決定離開家裡和田地而跑去避難，是很有勇氣的行為。

這座村子的村民都是有勇氣之人。

「這也都是因為雷德救了凱特小姐喔。」

莉特這麼說並笑了出來，然後接著繼續說：

「或許只是碰巧而已，但也是因為那件事才讓大家都相信雷德，有了那份信賴才能不犧牲任何人就解決事態。要去打倒食人魔之子的是雷德與我的劍，不過拯救了這個村子的是藥商雷德的溫柔喔。」

莉特的聲音聽起來很高興。

我受到他人信賴的事情在她心中就像她自己的事情一樣，她也為此感到開心。

……對我來說也一樣。莉特為我開心，就是最令我開心的事情。

我已經不再當騎士了……可是，單單對莉特而言，我希望自己是一個能夠讓她引以為傲的戀人。

後來我們沒有再繼續交談，專心搜索。

前進一陣子之後，便發覺風向變了。

「原來如此。」

應該是因為地形的關係吧。

這一帶森林吹起的風不會撲向村子那邊。

就是這陣風隱藏住食人魔之子刺鼻的野獸臭味。

「很近呢。」

「是啊。」

我拔劍加強警戒。

「牠們是擁有智慧找出這種地方隱藏行蹤的傢伙。」

「越來越不像食人魔之子了呢，說不定是從『世界盡頭之壁』下來的。」

莉特的神情變得英氣凜然。那是英雄莉特的面容。

這副表情也是莉特非常有魅力的神貌之一。

「呵呵，雖說我也很喜歡雷德悠閒放假的面容，不過雷德像現在這樣準備戰鬥的帥氣容顏我也很喜歡喔。」

「我剛才也在思考一樣的事情。」

這時，我感覺到前方有股氣息。

我們停止交談，彼此點了點頭，然後只用手勢來溝通。

從林木之間窺視，便看見食人魔之子們在森林裡的樹蔭下躲雨的身影。

……看來有兩種食人魔之子。

一種是普通的食人魔之子，是在佐爾丹周圍的山地也會看到的那類。

另一種是整體上雖有食人魔之子的特徵，頭部卻龐大到不平衡的地步，而且右手臂的肌肉異常發達。

那會是突變種嗎？

我想觀察一下牠們擁有什麼樣的加護……可是——

「……看不出來呢。」

或許是因為牠們是突變種，沒辦法看動作歸納出具有什麼樣的加護。

看起來像「戰士」、像「妖術師（Sorcerer）」，也像「祈禱師（Adept）」。

我還是第一次有這種感覺。雖然相當令人不快，但也只能保持警戒戰鬥了吧。

……好。

我對莉特打了一個暗號的同時衝了出去。

用「雷光迅步」一口氣逼近，賞突變種的食人魔之子一劍。

「唔哦！」

食人魔之子龐大的身軀倒了下去。

「看來可以順利打倒啊。」

至少牠的反應速度與持久力不足以應對我這一擊。

「咕喔喔喔喔！」

高聲咆哮的食人魔之子們的動作明顯有所區別。

一般種仍然因為突如其來的襲擊而不知所措，揮動雙臂向我襲來。

「這種就很符合一般情況了呢！」

接著跳過來的莉特從食人魔之子的背後砍殺，將對手甩開。

食人魔之子們越來越混亂，就胡亂揮動手臂形成同伴互毆的慘狀。

然而——

「果然不好應付啊。」

突變種群體拉開與我之間的距離，雖說只是單純的橫陣，仍舊組成陣形觀察著我和莉特。

這是不會在食人魔之子身上看見的行動。

「而且牠們手上還有武器！」

莉特大喊。

突變種異常發達的右手握著發出奇妙光澤的金屬塊。

「那是古代妖精遺跡裡頭的齒輪零件！」

「這代表牠們幾個去過古代妖精的遺跡嗎！」

突變種當成棍棒握著的東西是守護古代妖精遺跡的齒輪零件。

「小心點，莉特！」

「嗯！牠們散發出令人討厭的壓力！」

可是一直等下去，不知道牠們會怎麼對付我們。

我持起銅劍一口氣跑過去。

突變種揮下粗壯的右手。

「嘎啊啊！」

「居然！」

突變種的一擊不是要打我的頭，而是瞄準了劍。

我把劍身放低避開預料外的攻擊，砍向對手大腿內側並拉開距離。

「嘰嘰嘰……！」

腳被砍到的痛楚使得突變種發出憤怒的聲音，但牠沒有輕率地跳過來，而是保持距離等待我的空隙。

剛才那動作很單純，不過明顯是以對手的武器為目標，要讓武器無法發揮作用……那不是單純訴諸力量的蠻力，而是伴隨著技巧的武術。

「雷德！」

莉特發出警告我的叫喊。

眼前的突變種左手正在結印。

「是魔法嗎！」

我為了抵禦魔法而打算劈砍過去時，其他一般種食人魔之子們從左右襲來。

雖然要把牠們砍倒只是一瞬間的事情，然而這樣就會讓魔法得以發動。

「睡眠！」

不懂人類語言的怪物口中說出魔法的名稱，睡眠魔法在我四周發出光芒。

突變種表情扭曲並笑了出來。

然而我沒有陷入睡眠，把突變種的大臉砍成兩半。

「魔法的強度很普通，不到威脅我和莉特的程度。」

武術和魔法都令人驚訝，但是都不強。

可是我總覺得從一招一式裡頭感受到的加護等級與突變種本身的強度並不一致。

我還是第一次有這種感覺。

「……晚一點再來探討吧。雖然很奇妙，不過並不是打不倒的對手！莉特，配合我一下！」

「嗯！」

我與莉特攜手合作，接二連三擊敗食人魔之子。

＊　＊　＊

「咕嘎啊啊啊啊！」

食人魔之子抖動手臂，放出「武技：連續劍」。

這個基本招式能在片刻間施加兩次攻擊，是個多種狀況下都很活躍的強大武技。

不過牠們的武器與那種武技不搭。並非設計為武器的齒輪零件沒辦法讓攻擊速度完

全發揮。

食人魔之子的連續劍成了單純胡亂揮動的雜亂攻擊。

我不費吹灰之力便化解兩道攻擊，用劍貫穿食人魔之子的脖子。

「嘎……！」

把劍拔出來之後，血噴了出來。

食人魔之子丟掉武器，擺出像是用雙手抓搔脖子的動作之後便倒了下去。

「呼，這樣就打完了吧。」

「辛苦了～」

雖說沒有到陷入苦戰的地步，但牠們真的是讓人感到不舒服的對手。

讓人心裡不舒服的原因，就是牠們沒有加護所造成的個體差異。

不知道來歷的同一項加護，寄宿在這裡的所有突變種身上。

簡直就像整個種族都只擁有一種加護的惡魔種。

莉特還沒收起曲劍，四處巡視有沒有食人魔之子在裝死。

這段時間，我就去調查最後打倒的那隻突變種食人魔之子的屍體。

「果然是山上古代妖精遺跡裡頭的零件啊。」

我拿起那些突變種揮舞的武器。

一般人看來沒辦法運用那極為沉重的速成棍棒。

「這些傢伙曾經進入古代妖精的遺跡嗎？入口的升降機被露緹破壞了，一般的怪物應該進不去才對，難不成有別的入口？」

我一直沒有去那個遺跡。

要是有時間的話，是不是應該久違地去調查一番呢……

「嗯，這是什麼啊？」

突變種的屍體有著奇妙的部分。

脖子上有像是刺青一樣的圖騰。

不過這跟刺青不同，是以未知的塗料形成的。

「是古代妖精的文字嗎？」

有兩行字寫在那上面。

我看不懂寫著什麼意思……不過好像曾經在什麼地方看過這種文字。

「雷德！其他突變種的脖子上也有一樣的圖案喔！」

「全部都有嗎……嗯——我好像快想起來在哪裡看過了……」

「我好像也在哪裡看過第一行……」

「莉特也曾經看過嗎？」

「我幾乎沒有學過古代妖精文字，所以我想應該不是在書本之類的地方看過。」

「嗯……」

我們兩人看著文字，同時把頭歪向一邊。

「想不起來耶。沒辦法，就先抄到紙上回村子裡吧。我想應該沒有其他群體在行動，但今天至少還是要警戒一個晚上。不過我們都收拾成這樣了，就算真有殘黨也會嚇得逃跑吧。」

「唔嗯嗯，到底是在哪裡看過啊？」

我帶著仍在設法回想、眉毛歪成八字形而呻吟著的莉特回到村子裡頭。

可是，勇者梵明明就在佐爾丹，為什麼還會發生這種事情啊？

儘管應該只是湊巧，我總覺得這起事件有某種捉弄人的意圖……

「戴密斯。」

我以小得沒人聽得見的聲音，低聲呢喃神的名諱。

＊　＊　＊

隔天早上——

回到村子後，我們從晚上看守到天亮，不過沒有任何襲擊。

應該可以當成食人魔之子們的威脅已經結束了。

「真的非常感謝各位！」

村裡的人們以言語表達對我們的熱烈感謝，還說要在兩天後為我們舉辦一場宴會。

「不僅救了凱特的性命，還從逼近村子的危機當中拯救我們，雷德先生你們真的是全村的恩人！」

村長婆婆這麼說，不停地對我們每一個人道謝。

「這小小的村子裡頭沒有什麼東西可以獻給各位，但各位留在村子裡的時候如果需要什麼東西，都請儘管開口。」

「謝謝，不過我們已經拿到很多東西了，還請不要操心。」

村裡的人們說是謝禮，把自己家裡做的東西拿過來給我們。

食材、調味料、酒、油、蠟燭、肥皂、各種小東西、衣服、麻繩、治肩頸僵硬的軟膏、不求人、孩子們寫在一起的感想文……

看來度假屋那裡的小倉庫會塞得滿滿的。

然後，我們終於回到度假屋。

「我回來了～」

「我回來了。」

莉特與露緹這麼說完進入屋內。

原本打算稍微散個步，沒想到這趟散步變得這麼漫長。

「嗯～還滿開心的。」

莉特用力伸了個懶腰。

沒想到她會這麼說。

「總之先洗澡！不僅散了步，還跟孩子們一起訓練、在森林裡頭到處走、與食人魔之子戰鬥、保持清醒看守到早上……身體都黏答答的！」

「確實有點髒了呢。換上野外用服裝是正確的決定。」

如果是面對一般的食人魔之子，就能夠不沾到濺回的血而將牠們擊倒；但這次的突變種意外地沒那麼好應付，讓我身上沾到了一些牠們飛濺的血。

真想趕快去泡個澡。

「不過這裡沒有像佐爾丹那樣的自來水，要從井裡打水上來裝滿才行。」

這裡原本就是設計給貴族來作客的地方，從井裡打水把浴池裝滿的粗活應該都是交由傭人來做。

要提高水溫，也得在外頭的鍋爐放進柴火調節溫度才行。

因為那樣做很麻煩，來到這裡之後才一直沒有泡澡……不過今天就是想要舒暢地沉浸在浴池裡。

「那麼，我就再工作一下吧。我會去準備洗澡水，妳們倆先在這邊放鬆休息。」

我這麼說並打算前去水井，然而……

「不行。」

露緹抓住我的衣角。

「哥哥努力付出了很多，今天一定要放輕鬆才行。」

「嗯，不會，就像露緹妳知道得一樣，我有耐久技能專精的『完全疲勞抗性』，所以肉體並不會覺得疲累。雖然身體髒兮兮的很不舒服，熬夜也讓腦袋有點沉重，但我們應該都有同樣的感受。」

「問題不是哥哥不會累。」

她的表情看來很嚴肅。

露緹緊盯著我的臉繼續把話說下去：

「哥哥很努力，所以我想要慰勞哥哥。」

露緹這麼說，然後拉了拉衣角。

「哥哥要休息。」

「……我知道了。謝謝妳，露緹。」

「不會，哥哥你辛苦了。」

露緹露出微笑，雙手緊緊握住我的手。

「哥哥無論何時都很帥氣。」

說完這句話之後，露緹就去做泡澡的事前準備。

「你看起來很高興呢，雷德。」

這麼說的莉特也看起來很開心地笑著。

「當然高興啊。有那麼體貼的妹妹，我是個很幸福的哥哥喔。」

「呵呵，說得對……自『勇者』解脫的露緹真的變成了體貼的孩子。這有點諷刺呢，比起戴密斯神強制她擔任『勇者』的時候，現在的她遠遠更像個『勇者』，是個溫柔體貼的孩子。」

「是啊……畢竟以前的露緹只是被迫當一個『勇者』，行為舉止當中沒有露緹她自己的意志。我想所謂的勇氣與溫柔並不是加護所賦予的事物，而是要從自己的內心當中產生的才對。」

露緹變得越來越有魅力。

看著一天天成長的露緹，我真的打從心底感到高興。

我覺得露緹能從「勇者」當中解脫真的太好了。

「那麼，露緹在準備洗澡水的時候，我們也得換掉衣服才行。」

「的確，穿著被血弄髒的衣服在度假屋裡頭走來走去，到時候會很難打掃呢。」

我看著自己髒掉的衣服皺起一張臉。

竟然會髒成這副德行，看來我的修行還不夠啊。

「呃，莉特！妳怎麼突然就脫起衣服啊！」

我抬起視線便看見眼前的莉特脫著衣服，打算脫得只剩內衣褲。

「沒啊，不是說要把髒衣服換掉嗎？雷德你也快點脫啦。」

「是這樣沒錯，可是我也要有心理準備啊……！」

「不是早就看慣了？」

莉特這麼說並笑了出來……不過就連她都紅起臉來了。

「好了、好了，衣服要泡到洗衣桶裡頭，雷德你也快點脫吧！都是因為你在那邊害羞，害我也跟著害羞起來了啦！」

身上只有內衣褲的她兩手扠腰說。

莉特的胸部真的很大呢……

「不然我來幫你脫好了？」

她應該是打算扮演妖豔的女生才這麼說的吧，卻因為害羞而使得音調變尖……變成只有可愛了。

多虧看見了這樣的莉特，我才能取回冷靜。

「沒關係，我現在就脫。」

我也脫得只剩一條內褲。

「……莉特。」

莉特用兩手遮住眼睛，「呣——」地低吟一聲。

「人家也是需要心理準備的。」

「明明就是妳叫我脫的。」

真是的，莉特就是這樣才可愛。

我忍不住笑出聲來。

起初莉特叫我「不要笑～」，不過她好像也忍不住的樣子，就跟著一起笑了出來。

與莉特一同歡笑，讓我切身體會到戰事已經結束，回到和平的時光（慢生活）。

莉特跟露緹能待在我的身邊真的太好了。

我們笑了一陣子之後——

「呼，那就把衣服拿到洗衣桶那邊吧。」

我們終於要把衣服放到洗衣桶裡面了。

洗衣桶也在水井旁邊嗎……

我把放在地上的衣服撿起來。

這時，有一張小紙條掉了下來。

「啊，差點就忘了。」

「什麼？」

「就是那個啊，我把食人魔之子脖子上寫的兩行古代妖精文字抄下來了。」

「喔，那個好像在哪裡見過但想不起來的文字！」

莉特保持只穿著內衣褲的模樣，靠近我的同時窺視紙條。

儘管我們在佐爾丹一直都睡在同一張床上，但我還是會忍不住心跳加速。

「嗯——果然在哪裡看過呢。」

莉特看似焦躁地說。

「莉特只對第一行，我則是對兩行字都有印象……」

「唔姆姆。」

我們一邊思考一邊前往水井。

對了，也問問看露緹好了。

「露緹，我有件事情想問……」

「哥哥，怎麼了？」

正從水井打水上來的露緹……身上已經只剩內衣褲了。

由於她在操作水井的繩子，就呈現把圓潤的屁股挺出來一般的姿勢。只穿內衣褲從各方面來看都滿危險的。

「呃……」

「一如預料，我就覺得哥哥已經把衣服脫掉了。」

露緹的嘴角微微上揚。

那是她在賊笑時會展現出來的表情。

「洗衣桶裡頭已經裝好水了，接下來只要放進去就好。」

「喔、喔喔……不愧是露緹，是我引以為傲的妹妹。」

「嘿嘿！」

儘管有一點狼狽，我和莉特還是把衣服放進洗衣桶。

露緹的衣服也特意摺疊在洗衣桶旁邊，所以就一起放進去。露緹的衣服摸起來，手感還挺不錯的呢。

「所以，哥哥想問什麼？」

「喔喔，就是這個。」

我把紙條遞給她。

「這是食人魔之子脖子上寫的古代妖精文字，我總覺得曾經在哪裡看過。露緹妳有印象嗎？」

「嗯，我記得第一行。」

露緹很乾脆地點了點頭。

「和哥哥一起度過的回憶我全都記在腦裡。這跟在『世界盡頭之壁』對戰過的寶石獸身上刻有的古代妖精文字其中一段相同。」

「寶石獸！這樣啊，原來是那個時候！」

外貌有如巨龜，會吸收魔法的可怕怪物。

顛覆這世上一個人只會有一項加護的大原則，由古代妖精製造，蘊含無數加護的異樣存在。

那是強如露緹也陷入苦戰的強敵。

在那甲殼上刻有的文字，與這紙條的第一行一致。

「這是什麼意思？代表寶石獸和那些突變種食人魔之子有什麼關聯嗎？」

莉特一臉驚訝地說。

「……我理出一點頭緒了。我沒辦法歸納出那些食人魔之子有什麼加護，但牠們如果像寶石獸那樣獲得多項加護的話，就能理解為什麼會這樣了。」

看起來像「戰士」，也像「妖術師」，又像是「祈禱師」，感覺很不尋常。

牠們的一舉一動都讓我覺得加護等級很低，而且還有不相稱的奇妙強大。

「如果是同時寄宿三種加護，一切就都說得通了。」

「可是，如果是這樣的話，古代妖精為什麼要製造出食人魔之子這種怪物？」

「……雖然只是我的猜想……」

我在這時先把話停下來，觸及自己體內的「引導者」加護。

我的加護等級很高，如果只是打倒佐爾丹周邊的怪物，就不太有機會提高等級。

「儘管如此，面對那種程度的對手卻能感受到加護成長。我想這大概是因為打倒一隻那種食人魔之子加護能成長的幅度，如同打倒與牠體內加護數量一樣多的敵人。」

「該不會那就是古代妖精的目的？」

「嗯，我想有可能是為了要讓牠們作為能讓加護成長的獵物，才會製造出寄宿了多項加護的食人魔之子。」

食人魔之子被視為食人魔與人類之間生下來的後裔。

然而，食人魔與人類之間沒辦法生下小孩——用一般的方式沒辦法。

「說到這裡就已經不是預想，而是幻想的範疇了……食人魔之子這種種族，說不定是古代妖精以我們不曉得的古代技術製造出來，專門用來提高加護等級的怪物。」

「……雖然古代妖精充滿謎團，如果是這樣的話就很讓人討厭了呢。」

「這麼說起來……古代妖精遺跡到處都是讓人覺得居心叵測的陷阱呢。」

「沒錯！」

莉特或許也有在古代妖精遺跡裡頭吃過苦頭的經驗吧，她點了好幾次頭。

她的舉止很可愛，讓我稍微笑了出來。

這一瞬間，記憶中的一塊拼圖完美地補上了缺口。

「對啊，就是古代妖精的遺跡！」

「怎、怎麼了，突然叫出來。」

「就是第二行文字啊！我想起來是在哪裡看過了！」

我想起來自己在古代妖精遺跡裡看過！

「這文字就在那座山的遺跡深處！」

「是我調查過的遺跡呢。」

露緹饒富興致似的說。

我在惡魔加護事件中與錫桑丹一戰的那個遺跡裡看過這種文字。

「是勇者管理局。」

「勇者管理局？」

「木妖精的黏土板和這種古代妖精的文字放在一起，黏土板上寫的文字標註著勇者管理局。」

「管理『勇者』的局處……？」

露緹一臉困惑的樣子。

最了解「勇者」力量的強大，還有其衝動之嚴苛的人想必就是露緹了。

她也知道若要加以管理會是多麼艱難的事情。

那些食人魔之子說不定是為了勇者管理局而製造出來的怪物。

雖說能思考的方向應該還有很多……

「啊～爽快多了。」

我停止思考笑著這麼說。

「想不起來在哪裡看過讓我一直很在意，這下子就能帶著好心情去泡澡了。」

「……說得也是，現在重要的是泡澡。」

再怎麼思考下去也無可奈何。

在勇者梵離開佐爾丹之前都是我們的休假時光。

等到狀況安定下來以後，為了滿足好奇心要前去調查也可以，不過那並不是現在該思考的事情。

「水量這樣就夠了，我馬上就會把水燒熱，稍等一下喔。」

沒錯，最優先的事項就是先泡個澡，讓自己清爽一下。

＊　＊　＊

從浴池中起來，我把蛋煮熟，做了簡單的雞蛋三明治。

飲品是用佐爾丹帶過來的茶葉泡的紅茶。

畢竟一夜沒睡，用完餐之後我就來睡個午覺吧。

「不錯耶，三個人並排在一起，好好地睡一覺吧。」

「哥哥睡中間。」

泡完澡身體暖了起來，瀰漫著悠悠哉哉的氣息。

要是現在睡一覺的話，應該會很舒服吧。

「和魔王軍戰鬥的時候，雷德幾乎都沒有睡呢。」

莉特以溫柔的神情說。

「連續戰鬥三天左右，睡三小時之後就起來馬上移動到下個地方。你這樣還能無動於衷讓我覺得很厲害，同時也很擔心你那樣會不會倒下去。」

「在洛嘉維亞的時候，妳常常罵我：『沒有你出場的分，你就乖乖地在房間裡頭睡覺！』還被妳扔毛巾呢。」

「唔唔，現在回想起來好難為情喔。那個時候的我就是無論如何都沒辦法直率，對不起喔。」

「莉特為我擔憂的心情有傳達給我喔。謝謝妳。」

「唔唔……嘿嘿嘿。」

莉特臉頰泛紅並笑了出來。

這時露緹突然身體一震。

「憂憂先生來了。」

露緹站起來把窗戶打開。

小小的身影輕盈地降落在我們的度假屋裡頭。

「歡迎你來，憂憂先生。」

乘在鴿子上的憂憂先生舉起前腳打招呼。

「是媞瑟捎來的消息。」

露緹把綁在憂憂先生腿上的紙條拿下來遞給我。

不知道是什麼消息？我閱讀寫在紙條上頭的文字。

「唔嗯、唔嗯，看來勇者梵成功把魔王船運到海上了。」

「他真的能搬運那麼巨大的東西啊！」

莉特驚異地提高音量。

雖然我覺得有比蒙戒指與靈藥應該就做得到……

「知道他們真的辦得到還是會令人驚訝呢。」

「嗯，很厲害。那東西連我都搬不動。」

露緹也這麼說，佩服似的點點頭。

「這樣一來，這段休假也很快就要結束了吧？回收魔王船以後，他們應該就沒有留在佐爾丹的理由了。」

莉特覺得有點可惜地說。

「不，好像不是那麼一回事。」

「咦？」

「看來他們離開之前，要去討伐山丘巨人達塔克的樣子。」

「為什麼？」

莉特不曉得其中的意義，瞪大了眼睛。

達塔克是與夥伴山丘巨人一同占據佐爾丹部分領土的怪物。

雖然有「打倒那群巨人奪回領地的人，就能夠以貴族身分徵收受巨人占領的土地成為領主」的獎賞，然而打倒巨人一事一直都被放置不管。

縱使其中一個原因是佐爾丹的冒險者不足以應付那些巨人，不過原本住在那裡的人們被趕走之後，巨人們並沒有擴大破壞範圍，而是以奪下來的城堡當作據點，乖乖地待在那裡。

以佐爾丹人怠惰的性格來說，他們的思考方向就是：沒有進一步損害的話，與其拿回領土，不如放著不管比較好。

再說那個地方離佐爾丹有段距離，就算能拿到遭到巨人占領、一片荒蕪而沒人居住的土地也沒什麼用。

「為什麼路過的『勇者』會特地去打倒邊境的嘍囉級怪物呢？」

「『勇者』無法對困擾的人坐視不管……可是，佐爾丹人並不覺得困擾。」

莉特的問題讓原本是勇者的露緹覺得疑惑。

因為我們在這個村子打倒食人魔之子的事情，就是一種「變化」。

在以前沒有怪物的地方出現新的怪物。

這樣的「變化」有可能會帶來很大的損害。

所謂優秀冒險者的調查就是要察覺這種「變化」，然後防患於未然。

可是，關於達塔克的事情，我想沒有發生什麼變化的報告。

嗯──我不曉得理由。

「媞瑟送來的紙條上沒有寫什麼嗎？」

「沒有寫到討伐的理由呢。不過媞瑟好像會同行，幫他們帶路。」

「媞瑟居然會！」

媞瑟的舉動還滿大膽的。

不過媞瑟是佐爾丹最厲害的冒險者，被選為與勇者隊伍同行的冒險者是再自然不過的發展。

勇者梵的隊伍與媞瑟之間應該只有愛絲妲是熟人，媞瑟作為殺手的面貌與名聲應該是連樞機卿都不曉得的資訊。

「大膽，不過很有效。真不愧是媞瑟。」

露緹佩服摯友的行動並誇獎她。

「……可是令人擔心。」

「是啊。雖然不知梵是個什麼樣的人，不過和『勇者』一起行動會伴隨著危險。」

如果梵把媞瑟當成敵人就麻煩了。

儘管媞瑟以戰鬥能力來說是人類最頂尖的其中一人，不過要面對以前的露緹那種壓倒性的「勇者」之力，縱使是媞瑟，也有可能沒辦法逃過一劫。

真是讓人擔憂。

「可是我們出馬的話會搞砸一切，現在沒有我們能做的事情。」

「我知道。」

露緹焦躁地搖搖頭。

「憂憂先生。」

露緹注視著憂憂先生，接著繼續說：

「如果你覺得媞瑟陷入危險的話，就來我這邊。就算對方是教會和『勇者』，我也不容許他們傷害我的摯友。」

對於露緹毫無迷惘的話語，憂憂先生高興地跳起來回應她。

第四章 好意與惡意

我是媞瑟．迦蘭德。

擁有「刺客」加護，隸屬殺手公會的殺手。現在則是為勇者梵帶路的冒險者。

而且也是被勇者梵思想偏激的程度震驚，讓我覺得這個人很可怕而在心中發抖，活在這個世界的一般人。

我現在所在的地方是遠離佐爾丹的土地上，山丘巨人達塔克占領的城堡。

山丘巨人是巨人種之中最常見，也常常與人類有所關聯的巨人。

如同山丘巨人這個名字，這種巨人大多棲息在有點高的山丘或山麓，不過只要是溫暖且食物豐富的地方，都有可能看見牠們。

也就是說，人類覺得容易居住的環境，對山丘巨人來說也是容易居住的環境。

因此，據說牠們在巨人種當中最常與人類產生紛爭。

牠們那種怪物必定會出現在村裡的英雄打倒怪物的故事中廣為人知。

「山丘巨人的智力比人類稍微低一點，如果擁有『鍛造師』或『鎧甲職人』的加護，甚至能做出武器和防具。體格與力氣的差距就如外表所示，繁殖力也是……雖然用繁殖力來稱呼人類增加人口的速度或許不太恰當……不過山丘巨人成長的速度與人類差不多，也會生下小孩。」

劉布擺出符合聖職人員的說教表情，對勇者梵說明山丘巨人的資訊。

「儘管如此，山丘巨人的暴政還是不會長久持續，最後通常都是人類取勝。梵少年，你知道這是為什麼嗎？」

「我知道！因為戴密斯神的旨意就是這樣！」

「沒錯，山丘巨人並沒有得到英雄般的加護，所以最後一定會輸給人類。」

「大部分的巨人種擁有的都是『鬥士』的加護呢！」

「是啊。只能提高身體能力的『鬥士』加護會作為最低等的加護存在，可以說是神明對我們揭示了這個世界的規律吧。」

「沒錯，『鬥士』這種加護代表的是沒有重要職責的一大堆平凡人。擁有『鬥士』加護的人並沒有價值，不過擁有『鬥士』加護的意義在信仰層面上是很大的。」

「嗯，戴密斯神為什麼會為『身為一般人』這種職責的加護賦予『鬥士』的名稱呢？這代表居住在這個世界的所有生物為了讓加護成長都『不得不戰鬥』的旨意，同時也代表：就算面對的是肉體層面比自己強上許多的對手，在神明賜予眾人的加護之下，那種力量根本就微不足道。」

對於劉布所說的話，梵點了點頭好幾次。

為了帶路而站在前方的我，心裡有點翻白眼地聽著他們兩人的聲音……不過我沒有展現在表情上就是了。

因為我重要的搭檔憂憂先生擁有的加護就是「鬥士」。

憂憂先生對我的人生有多麼重要，真的不是三言兩語就說得完。

乘在我肩上的憂憂先生對於梵他們的謬論表現得滿不在乎，仰望天上飄浮的白雲。

「媞瑟妳怎麼想？」

走在我身邊的愛絲妲大人問我。

「既然樞機卿閣下那麼述說，想必就是那麼一回事吧。」

為了不得罪任何人，我如此回答。

「這樣啊，那就等露宿的時候再偷偷問妳好了。」

愛絲妲大人聳了聳肩並笑道。

不知道是不是因為戴著面具的關係，我覺得愛絲妲大人的個性好像有點變了，跟她以蒂奧德萊大人的身分與我一同旅行的時候不太一樣。

我肩上的憂憂先生也睜大眼睛看著愛絲妲大人。

「呵，像這樣一直被迫收聽梵與劉布的問答，就會讓人想念媞瑟這種反應。」

蒂奧德萊大人不會說這樣的話。

憂憂先生看起來很有趣地擺動腿部。牠好像還滿中意現在的愛絲妲大人。

我們現在位在達塔克奪走的城堡後頭。

接下來要侵入城堡把達塔克解決掉。

「那個，我確認一下。我只負責帶路，戰鬥交給各位就可以了吧？」

「是啊，那當然。沒錯吧，梵？」

愛絲妲大人對梵這麼說。

「畢竟我們說好了啊。不過如果是妳打得過的對手，想要戰鬥也沒關係喔！」

「你說想戰鬥也沒關係？」

「是啊！打倒怪物讓加護成長就是行善！行善比契約還要重要！」

看見梵天真無邪地笑著，我越發加強警戒心。

「不，我並沒有自信能與巨人戰鬥，進入城堡以後就讓我負責提個燈吧。」

「這樣啊，真可惜。」

梵如他說的表現得一臉遺憾，然後接著說：

「可是沒有變得更強可不行呢。神可是一直都觀望著妳喔。」

……我覺得我無論如何都沒辦法對這個勇者抱有好感。

＊　＊　＊

巨人種在黑暗中的眼力基本上比人類來要好。

城堡裡頭有點陰暗，燭臺上儘管裝有氣味令人厭惡的油，但沒有點上火。

單只依靠窗外照進來的微弱亮光，山丘巨人就能對這條走廊一覽無遺，如同看見大白天的山丘一樣吧。

我站在隊伍後方，提燈跟在後頭。

我並沒有拔劍。我的目的不是打倒巨人，而是知曉勇者梵一行人的資訊。

「來嘍！」

梵懷中叫做菈本妲的仙靈大喊。

頭頂撞著天花板的同時，山丘巨人跑了過來。

而且——

啪嘰！

隨著木板碎裂的聲音，兩隻山丘巨人從側邊房間衝出來。

這是很豪邁的奇襲，就讓我看看勇者梵會如何應對吧。

「喝啊！」

梵的劍揮動了兩下。

山丘巨人的頭部應聲落下，噴出鮮血弄髒周遭。

梵儘管被血濺到也絲毫不在意，笑著將視線移向下個敵人。

劍速快得可怕，而且還有一劍就精確砍掉頭顱的本事。

果然是「勇者」……八成比我還強。

「神聖祝福！」

隨著劉布手中釋放的光線，周遭一帶覆上加強我方力量、減弱怪物力量的法術。

劉布運用法術魔法全力援助。

「既然都來到這裡了，我除了戰鬥也沒其他事可做哪。」

愛絲妲大人操作自如的槍法會令人忘記走廊這種狹窄的環境。她就這樣打倒接近而來的山丘巨人。

「上啊，梵！解決牠吧，梵！」

菈本妲在梵的四周飛來飛去，為他加油打氣。

她看起來沒有積極參加戰鬥，不過她並沒有鬆懈，而是警戒四周，讓梵不會受到來自死角的襲擊。

……她警戒的對象好像也包含我在內。

菈本妲不相信梵以外的人類。

「梵！」

菈本妲喊出聲來。

隨著劃破空氣的聲音，如同長槍般的箭矢瞄準梵飛了過去。

在走廊深處，有個頭盔帶有羽毛裝飾，體型比其他山丘巨人大上一圈的山丘巨人……那應該就是達塔克了。

「哎呀。」

梵以左手的盾牌擋開飛過去的箭矢。

達塔克手上的武器是攻城戰用的弩砲……應該是前城主持有的物品吧。

弩砲原本要用槓桿來拉弦，不過達塔克以巨人的臂力迅速地再次裝填。

那應該是盾牌擋不下來的武器，可是盾牌上一點傷痕都沒有。

是強力的魔法盾。

「下一波要來嘍！」

愛絲妲大人大喊，準備用法術來抵擋，不過——

「嗯，還以為只是小嘍嘍，沒想到還挺努力的嘛！」

愛絲妲大人還沒發動法術，梵就在走廊上奔馳起來。

「唔嘎！」

梵朝驚訝喊叫的達塔克揮劍跳去。

「你不去殺人，就這樣盤踞在城堡裡頭，讓我覺得你的信仰真的不夠，很輕蔑你啊！不過，你現在的殺意還真夠棒的呢！」

「你是什麼人！」

「討伐邪惡的勇者梵！你是怪物的話，就應該更邪惡一點，對人們展開殺戮，然後被我殺掉！」

「勇者？你這種人竟然……」

沒有聽完達塔克說的話，梵就把牠的頭砍成兩半了。

「邪惡已然離去。」

梵殺死巨人後的表情十分爽朗。

原來是這樣，他順從「勇者」的衝動就是那副德行啊……

打從一開始就不怕露緹大人的憂憂先生從我的肩上移動到包包裡頭。

後來憂憂先生悄悄地告訴我：「梵是個可怕的人。」

＊　＊　＊

晚上，佐爾丹路邊——

我在篝火前方一個人看守並度過夜晚。

「憂憂先生可以睡一覺喔。」

就算我這麼說，憂憂先生還是用力地搖頭。

我用手指輕輕撫摸憂憂先生的肚子之後，憂憂先生就開心地搖搖晃晃，然後靜靜地貼近我的臉頰。

「可以坐在妳旁邊嗎？」

有聲音傳來。

我已經察覺到她接近的氣息，所以並不驚訝。

「請坐。」

我回答之後，愛絲妲大人就在我身旁坐了下來。

然後她把手上的鍋子和三腳架放到篝火上頭。

鍋子裡頭似乎裝著大蒜湯。

過了一段時間，那鍋湯就開始飄起白色的蒸氣。

「要不要來點宵夜？」

「謝謝妳。」

愛絲妲大人把湯裝到杯子裡。

入口之後發覺還滿好喝的。

「…………」

「劉布睡得很熟。他雖然很強，作為冒險者的心態卻完全不行。梵和菈本妲就像平常一樣，整晚都要狩獵怪物讓加護等級成長，要到早上才會回來。」

意思是不用擔心說話會被誰聽見嗎？

「該怎麼說呢，那位『勇者』真的很亂來呢。」

「說得沒錯，同情一下我吧。」

愛絲妲大人面露苦笑地說。

「雖然和露緹一起旅行的期間也有讓我感到艱難的時候……但我切身體會到露緹的人格有多麼高潔，多麼地符合『勇者』了。」

「我想梵先生是忠心順從著『勇者』加護的衝動以及信仰喔。」

「所謂『勇者』，是體現神明攝理之人嗎……可是，我們知曉的過去的『勇者』是那樣的嗎？」

「在口耳相傳中，人們不喜歡的片段逐漸消失了嗎……唔嗯……」

「畢竟上一代『勇者』已經是童話故事了。」

愛絲妲大人陷入疑惑並低吟。

「會是這樣子嗎？」

「不曉得呢，畢竟我也不是很懂那方面的事。」

雖然殺手同夥中有對故事很了解的朋友。

說不定詢問她就能得到答案，不過我不曉得她現在人在何處，又在做些什麼。

我再次喝了口湯，察覺到身體變得越來越暖。

「我沒想到愛絲妲大人有做菜的嗜好。」

「呵，我也取得了料理技能。嘗試過後就會體會到，要在野營的時候做菜有多麼困難，不過做菜還滿令人開心的。」

愛絲妲大人得意地說。

愛絲妲大人與還是蒂奧德萊大人的時候相比，個性果然變得柔和許多。

「會這樣是受到雷德先生的影響嗎？」

「是啊，我的目標是成為像他那樣的人……不過新的『勇者』是那副德行，我的理想還非常遙遠吧。」

愛絲妲大人帶著自嘲的感覺笑了出來。

不過要是有人問我有沒有辦法引導那個「勇者」，老實說我也覺得沒辦法。

他比任何人都還要相信自身體內的加護。

我在佐爾丹對戰過的流浪刺客多羅格他們也一樣。

只相信「刺客」加護的衝動，缺乏作為一名殺手的意志。

他們本應是優秀的殺手，卻成了享受殺戮、以殺害他人為樂，最後還貪求自己的性命而把委託人的名字報出來，連身為殺手最基本的規則都無法遵守，變得相當潦倒。

梵的「勇者」加護應該也是那樣吧？

憂憂先生忽然在我的肩上跳來跳去，要我們注意牠。

牠好像想說什麼……嗯？

「牠好像在問『不去見亞爾貝沒關係嗎？』的樣子。」

「雖然我想和亞爾貝會合一下做點討論，不過他想在遠離梵的地方行動。而且在佐爾丹沒盯著梵會很恐怖，一旦放任那個『勇者』不管，八成會搞出什麼蠢事。」

「這樣還挺累人的呢。」

「嗯、嗯……真的很累人喔。」

愛絲妲大人感慨地喃喃自語。

看見她那樣，我不禁把平常應該留在心裡頭嘀咕的話說了來。

「亞爾貝先生因為愛絲妲大人沒去找他，就一副很寂寞的樣子喔。」

我原本打算稍微開點玩笑。

事實上，亞爾貝先生真的想跟愛絲妲大人見一面，我只是稍微講得誇張了一點。

「這、這樣啊，亞爾貝想見我，還覺得寂寞啊……」

啥？

不不不，發生什麼事了？

我還以為，那位既是武士又是聖職人員，可說是一板一眼的代名詞的蒂奧德萊大人只是戴上奇怪的面具，性格變得柔和了一點……

她卻像莉特小姐那樣紅起臉來，遮掩著展露笑意的嘴角……怎麼會！

「那、那個，怎麼說呢，妳如果遇到了亞爾貝，麻煩妳跟他說我也想去見他，只是情況不允許而已，絕對不是我忘記他了……呃，我在說什麼啊，抱歉，把我剛才說的事忘了吧。」

不行，這衝擊性實在太大，讓我覺得梵的事情一點也不重要了。

唉……真沒想到背後有這麼一段故事。

真的是世事難預料啊。

憂憂先生乘上愛絲妲大人的手背，像是要安慰她一樣地移動前腳拍拍她。

＊　＊　＊

隔天中午，聖杜蘭特村——

我、莉特與露緹在村子裡的廣場上坐著，望向木箱排列而成的速成舞臺。

手上拿著盛有咖哩烤河魚的盤子。

知道那種叫做咖哩的食物還有這種用法，相當令人高興。

「各位快來搬圓木～♪

肩上沉重，腰痠背痛～♪

可是老爸曾經走過這條路～♪

搬著圓木走過這條路～♪

我們怎麼可能搬不動～♪

說著喪氣話的人啊～♪

來啊，各位快點來唱歌～♪」

村民們隨著魯特琴與笛子的伴奏聲響在舞臺上唱歌跳舞。

踩踏木箱的悅耳聲響起，讓人不禁產生想要跳舞的情緒。

「雷德先生、莉特小姐、露緹小姐，希望你們能夠盡興。」

村長婆婆這麼說，把裝了蘋果酒的杯子遞給我們。

據說花了四年的時間熟成，是這座村子珍藏的酒。

今天是慶祝食人魔之子受到討伐，村子得救而舉辦宴會的日子。

我們作為宴會的主要客人受到招待，沉浸在歡樂的時光之中。

「佐爾丹的醫生很強，讓我好感動。」

「像你們這樣的人啊，要是能住在這個村子裡頭的話，我們會很開心。如果你們哪天想在鄉下務農，隨時都可以來找我們談談喔。」

「雷德先生，有空要再陪我們練習長槍術喔！」

男女老少，各式各樣的人過來向我們搭話。

對於過著慢生活的我們來說，挺身戰鬥拯救村子，像這樣受人感謝已經是很遙遠的景象，不過能像這樣看見大家笑得很開心的樣子，果然還是很令人開心。

「這種情況，偶爾體會一下也挺不錯的呢。」

我喝喝看蘋果酒。

似乎用了偏甜的蘋果來釀造，有種酸酸甜甜的感覺，不過裡頭也有一點苦味。這酒味道還挺細膩的呢。

「還滿好喝的耶。」

露緹望著在杯子裡頭晃動的蘋果酒說。

雖然露緹不太喜歡喝酒，但是她似乎挺中意這種蘋果酒。

「我不太喜歡啤酒和威士忌，不過喜歡水果酒。」

露緹又喝了一口。

「希望以後我也有機會享受哥哥覺得好喝的酒。」

「這樣啊，不過我們今天能享受同一種好酒喔。」

「嗯，太好了。」

我又再喝了一口。

然後我們倆就呵呵笑了笑。

「雷德～！」

莉特的聲音傳了過來。

不知道什麼時候遠離我們、跑去拿新菜色的莉特在呼喚我。

「怎麼了？」

我和露緹前去莉特那邊。

「這個很好吃喔！」

莉特揮舞拿著叉子的右手，很開心的樣子。

「我看看喔……」

莉特在吃炸麵包。

「聽說是這個村子最棒的奢侈品！」

「唔嗯、唔嗯，油炸的白麵包確實很奢侈呢。」

「而且還有很香的味道，使用了好油來炸。」

我和露緹咬下還熱騰騰的麵包。

充滿好滋味的醬汁從裡頭溢出來，在嘴裡擴散。

「這是咖哩啊！」

怪不得莉特會很喜歡。

這個真的很好吃！

「白麵包、品質好的油和咖哩醬，無論哪一樣在這個村子裡頭應該都是很珍貴的物資。原來如此，這真的是奢侈品。」

「雖然很珍貴，不過是這個村子的特產。這是在聖杜蘭特村才能享受的奢侈。」

我和露緹也都很喜歡這個咖哩麵包。

雖然是比握住的拳頭還要大的麵包，卻一下子就吃進肚子裡了。

「哈哈哈，各位都喜歡我們家的特製麵包，真是太好了！」

村子裡的女性開心地笑了出來。

「來，還有很多，想吃的話儘管吃！」

「可是這樣好嗎？這不是很少有機會才能吃到嗎？」

「沒關係、沒關係，這裡是英雄杜蘭特的村子！我的夢想啊，就是為杜蘭特那樣的英雄獻上我自傲的特製麵包！」

那名女性把咖哩內餡的炸麵包放到我們手上。

「謝謝你們，我的夢想實現了喲。」

眼前的女性笑了出來，村裡的人們在歌唱。

村長在舞臺上提起裙角，展現華麗的踢踏舞。

村裡地位最高的女性盛裝打扮、大展舞藝，村裡的人們也一手拿酒、吹起口哨，為她獻上祝福。

「真不錯耶。」

莉特也高聲笑了出來。

我們這段休假真的盡是快樂的回憶。

「呀啊啊啊！」

這時我聽到了喊叫聲。

「怎麼了？」

我們跑向叫聲傳來的地方。

然後便聞到了令人難以忍受的惡臭。

那裡有一名受到天馬大便直擊，露出絕望般的神情暴怒的女性。

「煩耶，糟透了！」

往天上一看便看見向東飛去的天馬身影。

「哎呀，這應該算是妳運氣很好吧……喂，笨蛋，住手啊！」

女性把沾在自己身上的大便抓起來丟向朝自己說出老套笑話的男人臉上。

「你很囉嗦耶！這樣子你的運氣應該也會很好吧！」

周圍的人一邊捧腹大笑一邊拉開距離。

「哎呀，發生了稀奇的事呢。」

村長在我身旁說。

唔嗯？

「村子上頭有天馬飛過很稀奇嗎？」

「是啊，天馬住在離村子很遠的西方草原……在村子這邊還是第一次見到。」

「西方嗎……」

我不禁在意起來，然後陷入沉思。

「雷德，怎麼了嗎？」

「沒事，我聽說平常不會來到這邊的天馬經過村子，就想說那些食人魔之子會不會也是這樣。」

「你說食人魔之子？」

「那些食人魔之子如果與古代妖精遺跡有關，離遺跡比較近的應該不是這個村子，而是山腳下的村子吧？」

「確實是……」

莉特的臉色變得險惡。

就在這時，天色暗了下來。

「發生什麼事了？」

我抬頭望向天空。

長有翅膀的怪物與鳥在村子上空由西往東飛去。

村人們啞然無聲地抬頭望向天空，目送那些怪獸遠去。

這是頃刻間發生的事。

怪物們馬上就飛走，天空再次恢復一片寂靜。

「牠們簡直就像要逃離什麼東西。」

露緹如此低語。

我也莫名有了不祥的預感。

* * *

同一天，佐爾丹——

我是媞瑟．迦蘭德。

隸屬殺手公會的殺手，由於降到冰點的氣氛而讓肚子痛了起來的女生。

「那、那個，您剛才說什麼……？」

「就說了，對我感謝什麼的也只會造成我的麻煩。」

對著臉上冒出冷汗、表情困惑的市長，勇者梵以冰冷的嗓音放話。

聚集於此的佐爾丹貴族們顯得訝異，然後看起來很悲傷地低著頭。

無論是面對國家的重要人物，還是對於為打倒達塔克的勇者獻上祝福的人們，梵那番話都過於冷淡且欠缺禮節。

愛絲妲大人皺起一張臉搖了搖頭。

就連劉布樞機卿刻意擺出來的交際用笑臉都僵在那裡，只有眼珠子在東張西望。

「對對對，梵說得沒錯！」

只有菈本妲一如往常。在鴉雀無聲的佐爾丹議會大廳裡頭，只響起了菈本妲肯定梵的聲音。

氣氛惡劣到了極點。

我是很會在意當下氣氛的人，所以我的肚子真的很痛，想要回家。

「……這……那個，真不好意思……畢竟我們是遠離中央的鄉下人……想必有什麼地方惹您不高興了……還請您寬恕我們。」

市長勉強擠出這番話來謝罪。

未等梵開口，愛絲妲大人就先急忙站出來說：

「這是因為我們急著踏上打倒魔王的旅程。各位如此盡心盡力，我們無法加以回應儘管很過意不去，不過還是希望各位理解。雖說我們會立刻搭乘文狄達特離國，但絕對不會忘記各位對我們的款待。」

愛絲妲大人快嘴說完這些話，然後低下頭去。

對於梵無禮的表現，愛絲妲大人低頭賠罪，想要藉此圓場。

「沒、沒事、沒事，我們當然理解！我們才是，沒有顧慮到勇者大人的使命有多麼重大就做出多餘的事情，真的非常抱歉。佐爾丹這個小地方會對戴密斯神獻上祈願，祝福各位的旅途能夠馬到成功。」

其他貴族們的表情雖然也相當僵硬，仍然展現出笑容，總之就是想要安穩地度過這個局面。

「好了，我們回去吧。」

愛絲妲大人對梵說。

太好了，勇者梵就這樣離開佐爾丹的話，問題就解決了。

我安心地呼出一口氣。

然而——

「異端分子的祈願沒辦法傳達給神喔。」

他竟然蹦出這麼一句極具衝擊性的發言！

全場的氣氛完全凍結了。

剛才那句話是否定對方信仰的最大侮辱。

雖然重視信仰的程度會因人而異，但在公開場合上，住在這個世界的所有人都是戴密斯的信徒。

把戴密斯的信徒稱作異端分子，應該有非常嚴重的意味在。

就連愛絲妲大人都說不出話來，她似乎想不到要說什麼才可以平復這個場面。

那樣的愛絲妲大人就像要尋求幫助一般看著劉布樞機卿。

「唉，梵少年。你這種發言就真的太不適合這種場合了。我想你也有自己的想法，但你得糾正剛才說的話，好好道歉。」

劉布樞機卿設法保持威嚴，對梵這麼說。

可是梵笑著搖頭。

在由於憤怒與悲傷而露出陰沉表情的佐爾丹人民之中，梵一如以往地表現得開朗且充滿自信，對自己的話語不帶任何遲疑地笑著。

「不，我沒必要訂正。我是作為修道士受過教育的『勇者』。讓異端分子悔改，正是『勇者』加護不只出現在前輩『勇者』露緹大人身上，也蘊藏在我體內的意義吧。」

「異端分子這種說法有點過頭了，梵少年。」

就連劉布樞機卿都一副有點生氣的模樣這麼說。

特涅德市長也難掩他的憤怒，臉色變得很差。

這個狀況……梵到底有什麼目的？

梵的臉上仍是那張笑容，同時敞開了雙臂。

「既然大家都沒有邪惡的加護，那你們該做的事情就只有一件！」

梵儘管集困惑、憤怒與敵意於一身，還是毫無動搖地斷言：

「一起和魔王軍戰鬥吧！你們待在佐爾丹，就是在悖離神的教誨！」

「啥、啥？」

「擁有善良加護的所有人類，都該挺身面對魔王軍！在這種地方毫無意義地活著，就是違背信仰的罪過！」

「你說我們沒有意義？」

「聖典裡頭也寫到怠惰就是罪惡。那也是你們所犯下最嚴重的怠惰之罪，也就是捨棄了神所賜予的職務這個罪過。你們必須好好懺悔才行。既然『勇者』出現在這裡，為鏟除邪惡而戰就是你們神聖的義務。」

「……你都像這樣汙辱我們了，你認為我們還會說想要與你並肩戰鬥嗎？我們可是有我們該守護的國家、該守護的生活，沒辦法順從你的期待。」

特涅德市長以顫抖的聲音壓抑憤怒，斬釘截鐵地拒絕。

我看了看梵的面容。

即使面對市長的憤怒與拒絕，他仍然沒有任何反應，露出與剛才一模一樣的笑容。

真令人毛骨悚然。

「直接捨棄什麼國家不就好了嗎？這種邊境國家有什麼價值？」

「這個國家是我們的父母歷經千辛萬苦才開墾出來，是我們引以為傲的國度！就算你是勇者大人，說出這樣的話未免也太沒禮貌了！」

「禮貌是人與人之間所決定的事情吧？我在說明的是信仰。」

特涅德市長與佐爾丹貴族們都已經不再隱瞞怒意，以充滿殺氣的目光瞪著梵。

我也是……跟他們一樣很不快。

露緹大人，還有雷德先生他們也是，大家都很喜歡佐爾丹，而我也覺得這裡是一個很棒的國家。在這裡度過的日常生活（慢生活）是很珍貴的回憶。

我屏除意識裡頭的雜念，讓自己隨時都可以拔劍。

如果梵要加害於市長，就得阻止他才行……

然而梵仍然是一臉笑意，看來市長說的話對他沒有任何影響。

「真可惜。希望你們總有一天能夠取回信仰。」

梵調轉腳步往外頭走去。

然後他對自己的夥伴們說：

「各位，我希望能夠晚一點再出發。」

「你打算做什麼？」

對於愛絲妲大人的疑問，梵露出充滿希望的表情回答：

「我剛才已經了解到，身為『勇者』該做些什麼事情。為了拯救世界，我非得行動才行。」

「你到底在說什……」

「我要使用仙靈王之盾。」

「你說這什麼傻話！我和劉布應該都說過不能使用那東西才對！」

「明明就有異端分子在這兒，不去責備而放任他們才是邪惡。」

「喂、喂！」

絲毫不理會愛絲妲大人的制止，梵衝了出去。

打算急忙追上的愛絲妲大人面前有個微小的身影敞開雙手擋在她面前。

「我不會讓妳阻撓梵！」

「菈本姐！給我讓開！梵想做的事情絕對不是『勇者』應有的作為！」

「我也這麼想啊。可是那又怎樣？我喜歡梵，所以梵想做的事情對我來說全部都是正確的！」

「唔……！實在不該讓妳成為我們的夥伴啊！」

「不管妳怎麼想，我只要能夠得到梵的愛就可以了！所以妳想怎樣？要跟我打一場看看嗎？」

「…………」

莅本姐這個仙靈嬌小得可以乘在梵少年身軀的肩頭上，卻釋放出密度極高的魔力。

「啊——愛絲姐。停手吧。」

「劉布樞機卿！」

「梵少年的行動確實有問題，不過這也是不錯的經驗。讓他失敗一次或許比較好。還好這裡是佐爾丹共和國這種十分鄉下的地方，就算在這裡稍微造成一點損害，也不會傷及『勇者』的名聲。」

說出這種話的劉布樞機卿像是覺得沒轍似的搖了搖頭，一副事態已經得到解決的態度。他擅自坐到椅子上，還從懷裡拿出雪茄。

「誰來幫我……算了，我自己來點吧。」

劉布樞機卿這麼說並在雪茄上點火。

「媞瑟，妳也別動喔。要是阻撓梵的話，我連妳也會殺掉喔。」

「驅逐仙靈並不是我的專業。」

難道那個仙靈不是如同外表的小仙子嗎……如果是雷德先生，說不定就能察覺她的真面目。假如知道真身的話，就能採取別的對應方式了。

我對於自己沒有仙靈的知識感到懊悔。

我觸碰劍柄，劍刃傳來清脆的聲響。

「想跟我打？」

「…………」

我不曉得菈本妲的實力如何，不過從那位愛絲妲大人沒有行動的情況看來，完全不知道菈本妲有什麼能力的我出手會很危險吧。

不過，我的朋友可是比大仙子還要可靠。

所以我能夠放心交給夥伴來處理。

＊　＊　＊

與媞瑟等人所在的大廳相繫的絲線捕捉到聲音暗號。

憂憂先生的能力能夠經由傳至蜘蛛網的震動，讓自己如身處現場般察覺事態發展。

牠跳到鴿子朋友的身上後，便前去亞蘭朵菈菈等人身邊。

無論是多麼強大的魔法能手，想必都無法察覺憂憂先生的行動。

發生的事情只有振動傳到蜘蛛絲上、一隻鴿子飛了起來，以及有隻小蜘蛛貼到鴿子身上而已。就算能察覺到加護，寄宿在牠身上的也不過是隨處可見的「鬥士」加護。

然而，那隻蜘蛛是連人類最強的少女都覺得可靠，住在佐爾丹的一隻英雄。

第五章 勇者的試煉

佐爾丹平民區與港區邊界的一條路——

傍晚的這個時間，商人、職人與勞工等許許多多的人，工作結束後去購物、前去以庶民為客群的酒館，或者回自己的家，在路上交錯而行。

想當然耳，若要與王都的喧囂相比，這裡的人群沒辦法說熙熙攘攘，不過仍是佐爾丹最嘈雜的一條路。

這條道路的正中央站著一名身穿鎧甲、腰間有佩劍的少年。

儘管他非常地礙事，卻是居民沒什麼印象的外地人，而且他身上還穿有武裝，因此沒有半個人敢責怪他。少年並不在意別人覺得他礙事的目光，光明正大地站在那裡。

「好。」

少年……梵舉起手上拿著的盾牌。

從鹽龍的棲息地拿到的祕寶——仙靈王之盾。

這面傳說中的盾牌上頭施有各種魔法，而其中一種是暗示念話（Send Suggestion）的魔法。

其魔法效果是以心電感應的方式讓低強度的精神操縱魔法在大範圍起作用。

那並不是支配對手心靈的強力魔法，沒辦法改變他人的意志。舉例來說，那沒有辦法強迫別人自殺，或是強迫別人愛上自己不愛的人。

頂多能做到暗示(Suggestion)。

單純只是讓對方心中產生「這麼做的話還不錯吧？」這種思考的魔法。

如果暗示的內容馬上可以判斷為做不到，精神操縱也會立即消逝。

然而因為是低強度的精神操縱，有著支配(Dominate)等高強度精神操縱達不到的好處。

精神操縱魔法容易受到抵抗，而且效果時間極短。

高等級魔法的支配也一樣，面對相同強度以上的對象便沒有效果。就算對手中了這種魔法，效果也會在一分鐘以內結束，用途有限。

至於低強度的精神操縱魔法，其魔法本身一樣容易受到抵抗，效果時間一樣短暫；不過因為精神操縱的幅度很小，暗示內容如果很普通，便不會讓中招的人發覺自己的精神遭人操控。

既然沒有發覺到精神受到操縱，就不會去抵抗，就算魔法的效果結束，也會一直以為那是自己的判斷而行動。

「儘管愛絲妲小姐對我說千萬不能使用，可是既然有這麼棒的效果，不去用它才奇怪吧。」

梵在這面盾牌上感受到了可能性。

異端分子全部都很不幸。

然後這裡擁有把他們帶回信仰之路、拯救他們的力量。

既然如此，為什麼不能去用它呢？

愛絲妲說過，用魔法引發的信仰心並沒有價值，不過對神祈禱的心緒不可能會有價值上的差別。

這就跟異端審問官以鞭笞帶出信仰心一樣。

言語、痛楚、魔法……人的意志在神的慈愛面前根本沒有任何價值。

世間萬物只要順從神慈愛的證明，也就是順從加護而生就行了。

梵啟動仙靈王之盾。

暗示的內容是「鼓起勇氣，與勇者一同對戰魔王軍吧」。

明明遙遠的彼方有人在奮戰，自己怎麼可以在這裡和平地過日子呢？

應該每個人都有這樣的想法才對。

對於這樣的人，仙靈王之盾會賦予他們遵從信仰的勇氣。

「勇者」加護是擁有拯救世界職責的加護。

為了拯救世界，人們奔赴戰場、消耗性命，創造神所期望的世界。

啊啊，這世界真是太美妙了。

梵維持舉起盾牌的姿勢，打算喊出暗示的話語：

「鼓起勇氣，與勇者一同對戰魔王軍吧！」

人們轉向大聲叫喊的梵。

仙靈王之盾發出光輝。

「荊棘捆縛！」

然而魔法還沒發動，無數的藤蔓便襲向梵。

「！」

梵的身體被綁住，魔法沒有成功發動。

「『勇者』梵，你使出這招未免太過分了吧？」

「是誰！」

出現在人群之中的，是持有手杖的女性高等妖精。

「是住在佐爾丹的高等妖精喲。」

亞蘭朵菈菈無懼地笑著與「勇者」對峙。

「無論哪個國家，對國民施以精神操縱的魔法都是重罪，你不可能不曉得吧？」

「神的律法比人類法律優先。沒有任何人事物優先於信仰。」

「你這『勇者』實在太誇張了。雖然我也不是會守法的類型，仍然沒辦法成為像你這樣的惡徒啊。」

「妳防礙了『勇者』，還把『勇者』稱作惡徒……也就是以行善之名偽裝自身的邪惡呢。」

「雖說我對信仰並不是很虔誠……可是被你說成那樣就令人有點感慨了。」

「我是勇者梵，討伐邪惡之人！」

梵的身體湧入力量。

「綁住你身體的是荊棘藤蔓，硬要動的話可是會遍體鱗傷喔！」

「咕唔唔唔！」

梵的表情苦悶地扭曲。

發覺他並不像露緹那樣擁有痛苦抗性後，亞蘭朵菈菈安心了一點……然而——

「喝啊啊！」

儘管皮膚撕裂、噴出血液也不在乎，梵扯斷藤蔓。

「呀啊啊啊！」

那副慘狀讓四周的人們紛紛逃開。

梵縱然全身上下都在流血，仍然沒有改變符合「勇者」那充滿希望的笑容，將劍拔了出來。

「好了，『勇者』要討伐邪惡啦！」

「…………」

亞蘭朵菈菈繃緊表情舉起手杖。

眼前的人就算還不成熟，依然還是「勇者」。

（要來了……！）

亞蘭朵菈菈反射性地架起防禦。

梵的聖劍被彈開了。

（這股劍壓！）

梵的劍已經是超一流的英雄級。

亞蘭朵菈菈理解到自己「已經夠警戒了」的認知還很天真。

沒拿出真本事賭上性命戰鬥的話，自己就會輸！

「野草銳刺！」

亞蘭朵菈菈使出魔法中的小伎倆，讓地面長出如刀刃般銳利的葉片植物。

不過在激烈的刀光劍影之中，於原本無法發動魔法的時機使出的小伎倆也有可能成為決定性的一擊。

「唔！」

梵的腿在鎧甲縫細間被砍裂。

亞蘭朵菈菈的力量所強化的葉片之刃在梵的腿上劃下傷及肌肉的傷口。

亞蘭朵菈菈趁隙拉開距離，打算使出她最強的召喚魔法——召喚「巨木大精靈（暴君精靈）」。

然而——

鏗——！

亞蘭朵菈菈的手杖被彈飛。

梵就算腿被切砍也毫不在意，他剛才向前踏步，用劍向上揮砍。

（糟了！）

亞蘭朵菈菈的防禦崩解。

梵朝向亞蘭朵菈菈毫無防備的脖子，就要將劍揮落下去。

然而就在這時，梵的劍突然變得沉重。

「幹得好啊，蜘蛛！」

隨著宏亮的叫喊，巨大的身影跳了過來。

「武技：彗星墜壞腳！」

以箭矢般的速度飛躍天空，壓上所有體重的飛踢。

梵反射性地用盾牌保護身子，但他的身體連同舉起來的盾牌一起被轟飛了。

男人在空中敏捷地翻身並且著地。

「真危險、真危險。」

「達南！」

「一個人來當『勇者』的對手很難撐吧，我來幫妳。」

達南露出凶狠的笑容，以左拳擺起架勢。

「他很難應付喔，我還怕自己被打敗。」

「看了就知道。」

達南保持警戒地說。

梵依然拖著滿是血液的身體，直接站起來持劍擺起架勢。

「他為什麼不治療啊？既然是『勇者』，應該具有『治癒之手』吧？」

「天曉得。」

「就算擁有超人般的體能，皮膚裂成那樣應該還是很痛。」

全身浴血的梵臉上仍然帶著笑容。

「強大的邪惡有兩人！不過我是『勇者』，不會屈服於邪惡！」

梵大喊。

「原來如此，支撐那傢伙的是對於自身加護的信念啊。」

達南呼出氣息、壓低重心。

「他應該沒遇過挫折吧，所以才會作夢都沒想到自己的信念有問題。既然如此，只能痛扁他一頓，給他點顏色瞧瞧了……治好你的手段會很激烈喔，『勇者』大人！」

「戴密斯神啊，請您守望『勇者』的戰鬥！」

達南與梵同時奔跑起來。

「武技：猛虎王爪！」

「武技：聖刃（Holy Blade）！」

達南使出的是跳過對手攻擊，同時使出武術的武技。

梵則使出以神聖劍氣增強鋒利程度，增大攻擊範圍的強化武技。

梵的劍揮空，達南的拳頭則被盾牌擋下。

「我來援助！」

亞蘭朵菈菈促使棘刺狀的種子如同箭矢一般射過去。

假如梵用盾牌防禦亞蘭朵菈菈的魔法，達南的一擊應該就可以打倒梵。

然而梵並沒有保護身體不受亞蘭朵菈菈的魔法攻擊。

儘管棘刺穿進左眼也不在乎，梵毫無畏懼地砍向達南。

「哈，你選錯戰術了吧！」

達南的拳頭朝向毀了一隻眼睛而抓不到細微距離感的梵準備發招。

梵的身體折成V字形。

「嘎……哈……雖然很痛……『勇者』不會挫敗……『治癒之手專精：反轉』。」

梵的身體忽然發出強光。

「什……」

「達南！」

達南全身噴血。他按住左眼，像是被彈開一般地向後退。

「我第一次對戰像你們這麼強的對手！你們夠格擔任『勇者』的敵人！」

梵看起來很高興地這麼說。他的身體一點傷痕都沒有。

「我立刻幫你治療！」

亞蘭朵菈菈的精靈魔法治療著達南的傷勢。

「……你做了什麼？」

「真厲害，我剛才明明很痛，對你卻沒什麼效果。」

「是把傷勢轉移過來了嗎……還真不像勇者的招數啊。」

「哈哈哈，像你這樣的邪惡根本不可能對『勇者』有絲毫的理解吧？這是『勇者』才會擁有的固有技能『治癒之手』，其專精技能就是剛才的『反轉』。」

「你說『反轉』？」

「既然『治癒之手』是以自己體內的魔力或生命力對人加以治療，那麼它的極致就是自在地分配魔力或生命力。『反轉』是藉由觸及自身傷勢對象的生命力來再生的技能。由於『治癒之手』不是攻擊技能而是再生技能，因此會在對方的身體上賦予絕對無法抵抗的傷害。」

「這樣子哪裡像勇者了。」

「依靠這個技能，無論陷入什麼樣的逆境我都可以扭轉戰局！無論邪惡多麼強大，『勇者』都絕對不會挫敗！」

「你把自己的痛苦強塞給別人，還說你絕對不會挫敗？」

達南吐出嘴裡的血。

他的傷口已經藉由亞蘭朵菈菈的治癒魔法堵住了。

「不行啊。雖然我很笨，但我至少還是知道你這傢伙並不是勇者。」

「偉大的戴密斯神認定我就是『勇者』。你所說的話，內容否定了神的話語。沒有行為比這件事還要更異端，身為『勇者』絕不能容許這種邪惡！」

梵再次提劍奔馳起來。

亞蘭朵菈菈舉起手杖，同時對達南叫喊：

「身為『武鬥家』的你不適合對付梵的技能！換我來打！」

「嗄？妳是要本大爺為了那種東西退下嗎？開什麼玩笑！」

達南與亞蘭朵菈菈並肩迎擊。

就在這時，天色暗了下來。

「怎麼了？」

龍的咆哮震懾佐爾丹。

達南、亞蘭朵菈菈與梵都停止戰鬥並且仰望天空。

「唔！不妙！快召喚個什麼出來！」

達南叫喊。

亞蘭朵菈菈已經準備好發動召喚魔法了。

「不用你說！回應我的呼喚吧！巨木大精靈！」

地面崩裂，巨木大精靈現身。

巨木大精靈立刻大幅度地展開身子，擋下自空中撲向佐爾丹城鎮的火焰。

「那是鹽龍嗎……！」

沐浴在鹽龍發出的腐蝕性吹息中，巨木大精靈逐漸崩解。

鹽龍是停滯與破壞之龍，會腐蝕植物與金屬並加以破壞。

天空有幾十隻鹽龍拍打翅膀，用混濁珍珠一般的眼睛瞪向地面。

「我操縱植物的力量不適合對付鹽龍啊……！」

「這裡要對戰勇者已經很忙了，別來礙事！」

達南對突然闖入的鹽龍吼叫。

不過那群鹽龍連看都不看達南一眼，而是瞪著勇者梵。

「殺戮我們的同胞，盜取祕寶之人！是時候讓你嘗嘗我們的憤怒與復仇了！」

「……這群邪惡的龍！要來把我的盾牌拿回去嗎！」

梵觸摸左手的盾牌說。

鹽龍齜牙裂嘴地狂嘯：

「那是我們的東西！你這盜賊！」

鹽龍們的嘴裡再次燒起火焰。

達南扭曲著表情大喊：

「可惡！憑藉我的武技沒辦法阻止所有吹息！亞蘭朵菈菈，抱歉了，再幫我點忙！妳用精靈擋下來的期間，我會把牠們全數解決掉！」

「知道了！」

就在亞蘭朵菈菈打算再次召喚巨木大精靈時——

「納命來！」

梵起身跳來，瞄向亞蘭朵菈菈的脖子揮下劍。

「你個混帳——！」

伴隨著憤怒的巨吼，達南的左手彈飛了梵的身體。

第二隻巨木大精靈為了守護佐爾丹而站起身來，全身沐浴在腐蝕之火當中並且加以抵抗。

「真可惜呢。」

梵依然在笑。

「『勇者』不是不會捨棄人民嗎！」

「這也是戴密斯神的旨意。神的慈愛也會灌注給異端分子……假如那群鹽龍破壞這個國家，怠惰的佐爾丹人也會想要赴身與魔王軍一戰吧？邪惡的怪物也是為了神而存在，沒錯，就跟聖典寫得一樣！我是『勇者』，就算面對異端分子也不會捨棄，我會拯救所有人！」

「別跟我說那些不明所以的話，你這低俗的王八蛋！我就從你開始殺！」

達南一臉憤怒地將拳頭對準梵。

空中有幾十頭龍，城裡的人們因為恐懼而不知如何是好。

（那些龍也是勇者梵帶來的吧……真是有夠煩。）

亞蘭朵菈菈也極為憤怒，甚至湧起了殺意，不過她同時也理解到目前的情勢非常地惡劣。

（我與鹽龍的腐蝕之力屬性相剋，達南不適合對上勇者梵的技能……明明知道這點，我們卻被逼著對付打起來會占下風的對手！）

巨木大精靈的身體遭到鹽侵蝕而逐漸變色。

倘若有哪一發轟進城鎮，不知道會造成多麼大的損害！

橫跨大範圍的破壞能力，正是鹽龍會被稱為殺害文明之龍並受到畏懼的理由。

「雷德……」

亞蘭朵菈菈不禁低喃他的名字。

「抱歉，讓妳久等了。」

「咦！」

「『雷光迅步』。」

銅劍的光輝衝過佐爾丹的道路。

「什！」

突然闖來的人發出銳利的一擊，梵用盾牌接了下來。

那人的左手伸向梵的盾牌內側。

「好痛！」

梵的表情些微地扭曲。

他的左手臂迸發出鮮血。

「一直沒還給莉特的小刀派上用場了。」

突然闖來的人……雷德左手握著的小型刀具割開梵的手臂。

「你幹嘛啊！」

傷勢並不深。

梵判斷用「反轉」造成的傷害反轉效果並不大，打算用劍反擊……

不過他的盾牌被什麼東西用力地扯了一下。

「啊！」

梵驚訝地叫出聲來。

剛才對他手臂施予的一擊割斷了盾牌的綁繩。

迅速到身為一流劍士的梵都沒有發覺。

梵慌張地想要抓住盾牌，但是為時已晚。

「太好了！時機很完美！」

就像要回應雷德的話語般，乘在雷德背上的憂憂先生一副歡喜的模樣飛跳起來。

盾牌脫離梵的手臂，被拉到雷德那邊。

雷德迅速抓起盾牌後，就用剛拿到的盾牌化解梵想要取回盾牌而砍過來的一擊。

「要是用我的劍來擋，劍應該會直接折斷吧。」

這一擊非常厲害。

不過是施力過猛的一擊。

全力使出的一擊受到阻擋，梵的姿勢大幅度地崩解。

「還沒結束！」

梵大喊，以左手碰觸地面，採取護身姿勢的同時砍向雷德。

「不見了！」

然而雷德已經不在那裡了。

梵站起身時，雷德運用「雷光迅步」的身影已經跑到他的劍無法觸及的地方。

＊　＊　＊

「呼。」

我脫離佐爾丹，在北方大道上站著不動。

我會在這裡是因為在聖杜蘭特看見怪物自西邊奔逃後，就一直警戒著西邊天空。

然後我看見鹽龍們從西邊飛來，便使用「雷光迅步」急忙回到佐爾丹。

我望著拿到手的仙靈王之盾。

要說鹽龍會有什麼需要來到佐爾丹的理由，八成只能說勇者梵拿走對牠們來說很重要的物品……稍微調查一下盾牌之後，我就確信這盾牌果然不是什麼仙靈王之盾。

只要望向天空，便能發覺原本在佐爾丹上空的鹽龍們往我這邊飛來。

牠們的目的是要取回這面盾牌，會這樣很正常。這下佐爾丹就不會受到損害了。

比鹽龍慢了一步，勇者梵在大道上奔跑。

「真快耶，他會用提高速度的魔法嗎？」

能看見達南與亞蘭朵菈菈在他後頭追趕。

「鹽龍與勇者梵都離開佐爾丹，這都是多虧了憂憂先生的幫忙。」

憂憂先生目前在我的腰包裡頭避難。

把來自媞瑟的聯絡傳給亞蘭朵菈菈與達南之後，憂憂先生在牠的小動物朋友們身上配置蜘蛛絲留下記號，讓我在抵達佐爾丹之後馬上就能前往達南他們戰鬥的地方。牠甚至還跟跑過來的我會合，沒有事前討論就配合我的作戰搶奪盾牌。

憂憂先生果然很可靠。

「好，憂憂先生都這麼努力了，我也得好好回報才行哪。」

龍的咆哮聲響起。

鹽龍降落在我眼前。

「人類，那是我們的祕寶，快還來。」

「當然沒問題。我就是為了這件事，才會來這裡。」

我把手上的盾牌交給鹽龍。

「這並不是仙靈做出來的東西，而是用暗黑大陸的技術製成的。這應該原本就是你們的東西吧？」

「……沒錯，這是上一代魔王交由我們保管的物品。」

「魔王之盾。」

鹽龍取走魔王之盾後，便閉上眼睛一會兒。

「為了終有一天能迎來魔王大人降臨的日子，我們守護著這面盾牌……那就是我們的盟約。」

鹽龍們展開翅膀飛向天空。

「感謝你啊，人類。」

鹽龍們一邊發聲咆嘯，一邊飛往西方天空。

牠們馬上就離開真是太好了。

雖然我本來就預料到暗黑四龍之一的鹽龍主要的目的並不是要為同夥報仇、與勇者梵戰鬥……牠們一如預料地撤退還是讓我感到放心。

「那麼，就剩下勇者了啊。」

我持劍擺出架式。

勇者劃破空氣跳了過來。

「武技：聖刃！」

光刃揮了下來。

我退開身體閃避之後，光刃就刨開大馬路留下黑色傷痕。

明明橫向揮砍就可以，但他毫不在乎地傷及道路。

看來他根本沒考量到有可能會造成這裡用路人的困擾。

「以勇者來說，這樣不及格呢。」

「你也是異端分子嗎！」

梵打算用揮落的劍再次朝我砍來，然而——

「就是這裡。」

我的劍壓制住梵的劍。

梵手持的降魔聖劍複製品看來遠遠強過我的銅劍。

他那麼厲害的劍士用如此強大的劍揮下來的一擊，就算是我也難以化解。

然而，如果是靜止狀態的聖劍，就連這把銅劍都可以壓制。

「可、可惡，快拿開！」

儘管梵想要脫離兩把劍緊緊貼在一起的狀態，我的劍卻像吸上去一樣與梵的劍同時移動。

不管那把劍有多銳利，沒辦法揮動的話，再鋒利都無用武之地。

「只要我沒有主動攻擊讓你受傷，你就沒辦法使出殺手鐧『反轉』吧？」

「居然可以這樣防守！」

「看你加護等級好像滿高的，但劍術訓練得還不夠啊。」

「人類想出來的劍術，比起戴密斯神賜予的加護之力根本就微不足道！」

「啊～你是會往那種方向思考的類型啊？就是這樣才會傻呼呼地遠離同伴，被引誘到城鎮外頭呢。」

「不能用劍的話，我還有魔法！」

梵打算結印的瞬間，我以劍施力讓他的姿勢崩解。

「啊！」

結印失敗，魔法沒能發出來。

「在這種距離下，你可別以為有辦法使出魔法。」

「你這樣爭取時間到底想幹嘛！『勇者』即使戰鬥一整晚，也依然不累不喘！」

我並沒有打算花費那麼多時間，只要能擋下他一分鐘就足夠了。

「久等了，哥哥。」

梵的背後有一名少女……也就是露緹。

「是誰！」

「我的名字不足掛齒，希望你明天就忘了我。」

響起空氣破裂「砰」的一聲。

露緹的拳頭用力打在梵的臉上。

「啊嘎！」

他的身體被轟飛。

我聽見一次又一次的巨響。

梵的身體撞斷樹木、鑿過地面，最後在遠處揚起塵煙、停了下來。

「唔哇。」

我不禁這麼叫喊一聲。

承受那麼強大的威力，就算擁有「勇者」的加護應該也沒辦法再戰鬥了吧。

「梵的夥伴馬上就會趕來，在長相被看見之前儘早離開吧。」

「知道了。」

露緹望向梵倒在遠方的身影。

「如果我是梵，就不會繼續留在佐爾丹。」

「是啊，魔王船已經回收，魔王之盾也被龍帶走，留在佐爾丹並沒有意義。『勇者』的目的就是打倒魔王。」

那應該是最好的判斷吧。

「勇者」需要在許多場合賭上性命戰鬥，正因為如此，他需要珍惜自己的性命，不能毫無意義地讓性命暴露在危險之中。

正因為「勇者」的存在能夠賦予人們勇氣，「勇者」的死也會讓人們失去勇氣。

「可是……」

藉由持劍交鋒與些許交談，我總覺得我了解到梵是個什麼樣的一個人。

他大概會留在佐爾丹吧……我如此確信。

尾聲

引導勇者之人

血液在地面上擴展開來。躺在地上的梵感受到體溫流失，冰冷的死亡逐漸逼近。與此同時，他思考著剛才發生的事情。

「勇者」梵敗北了，而且是澈澈底底地落敗。

（這沒關係。「勇者」的職務是與邪惡戰鬥，取勝並不是目的。）

梵很了解，為了取勝而努力正是神所期望的行為。

至今發生過的歷史也有許多善之加護輸給惡之加護的事例。

戴密斯神乃全知全能，因此「勇者」勝過「魔王」不可能是神的目的。

如果神是這麼期望的，那麼「勇者」就必須取勝才對。

「梵────！」

遠處傳來叫喊聲。

「啊啊，竟然這麼殘忍！別死啊，梵！」

「我要施展再生魔法嘍！」

梵注意到那是菈本姐與劉布的聲音。

不過那種小事現在一點都不重要。

（我只是要盡好「勇者」的職務，那就是我的信仰。可是該怎麼解釋這種狀況呢，這可是個問題。）

劉布的魔法使得梵骨頭碎裂的手臂有辦法動作。

梵慢慢把自己的手放到自己的臉上。

隨著溫熱的觸感，手指一點一滴地沒入臉中，到了不太自然的程度。

梵就像旁觀者一般思考著現在到底是什麼狀況。

「『治癒之手』。」

梵的身體散發光輝，原本逼近死亡的身軀逐漸再生。

「梵！」

菈本姐抱上坐起身來的梵的脖子。

「你還好吧？很痛對不對？對不起喔，以後我會一直待在你身邊！」

然而梵並沒有回應菈本姐的話語，也沒有把視線轉向她。

他痊癒的眼睛閃閃發亮，面向天空笑了出來。

「啊啊，這就是我的職責呢！」

「梵……？」

「我要殺死那個藍色頭髮的女生。當殺了那個女生、經由她的人生培育而成的加護納入我『勇者』加護的那一刻，我就會成為『真正的勇者』！」

「梵少年，你到底在說什麼啊？」

劉布感到困惑。不過梵看都不看他尊敬的樞機卿一眼。

「我的主已然降臨！哈哈、哈哈哈哈、哈哈哈哈哈哈哈！」

梵高聲大笑的身影讓劉布感到畏懼並退卻。

「雖然我聽不太懂，不過真不愧是梵！我會為梵加油打氣喔！」

菈本妲還是一如以往地黏在梵的身邊。

對於夥伴們那樣的舉動，梵並沒有任何反應。

他只是露出很開心，真的很開心似的表情持續地笑著。

＊　＊　＊

佐爾丹——

莉特擁有的宅第。

回到佐爾丹的我們決定先在莉特的宅第集合。

「我來晚了。」

愛絲妲開門進來。

「儘管之前已經聽說過了，不過妳真的戴上面具了呢。」

「很適合我吧？」

看見愛絲妲在開玩笑，我和莉特都嚇到僵住了。

或許是我們這種反應很好笑吧，愛絲妲露出白牙爽朗地笑了出來。

「喂喂喂，現在不是胡鬧的時候吧？」

達南心情很差的模樣說。

這跟他們以前的立場相反了呢。

「抱歉，我也是許久沒跟你們碰面，覺得很開心啊。」

聚集在這個房間裡頭的有我、莉特、露緹、達南、亞蘭朵菈菈、媞瑟、亞爾貝以及愛絲妲，總共八人。

愛絲妲望著房裡的大家開心地說。

「好了，畢竟我也沒辦法久留，就切入正題吧。」

愛絲妲也坐到椅子上。

「梵的傷勢透過劉布樞機卿的法術與梵自己的『治癒之手』已經完全康復了，也沒有留下什麼後遺症。」

「他的內心也沒有屈服嗎？」

對於達南的問題，愛絲妲點了點頭說：

「對，『勇者』不會恐懼。」

「但他總會感到挫折吧？我就是看他一副沒遇過挫折的模樣，才覺得痛扁他一頓應該會有點用。」

「……梵根本就不覺得他遇上了挫折。」

「明明都輸得那麼悽慘了？」

「梵當時在笑喔。」

「可惡！讓人越來越不爽了！」

達南相碰拳頭並喊道：

「馬上去重打一場！只要我把那個臭小鬼殺掉，事情就解決了！」

「冷靜點，對方可是教會的『勇者』喔。假如他死在佐爾丹，就會有一大群教會的人前來調查。」

「真是麻煩死了！」

聽到我說的話，達南以可怕的表情忍著怒火。

「那麼梵之後有什麼打算？」

我詢問愛絲妲。

「他好像認定打倒露緹就是『勇者』的使命。」

什麼？

「他的目標是露緹嗎？」

我的內心一下子燃起火焰。

「哦，雷德也想跟他幹架一場了嗎！我們現在就一起去殺掉勇者吧！」

達南一臉高興地這麼說。

確實，假如梵有危害露緹的打算，即使是我也會毫不猶豫地對他拔劍。

「冷靜點，雷德！」

莉特急忙制止我。

不行，我這樣子有點失去理智了。

「雷德還是老樣子呢。」

愛絲妲有點傻眼地低喃。

嗯嗯嗯……

「雖然你應該會擔憂，不過至少可以放心一個星期。」

「這是什麼意思？」

「為了提高加護等級，梵決定去狩獵南洋的怪物，同時也會進行文狄達特的調整與試航。」

「南洋啊？如果想在鄰近佐爾丹的地方與等級強大的怪物戰鬥，出海的確是最快的途徑。」

「明天就會出航，我和亞爾貝也會與梵同行。」

「這樣好嗎？」

「在對手身邊安插我方的人，對我們這邊會比較有利吧？」

「話是這麼說沒錯……」

「別擔心，我們再怎樣也不會跟梵戰鬥。只會去面對那個不及格的勇者而已。」

不及格的勇者啊……

可是梵的信仰與相信加護的意志很強烈。

「要下手也不該針對梵，而是先應付他的同夥吧。」

大家都同意我說的話。

「愛絲妲，關於劉布樞機卿與仙靈菈本妲，妳對他們有多少了解？」

「劉布樞機卿的目的是利用梵拯救世界，並且納入自己的功績。」

「這樣的話跟露緹戰鬥就是繞遠路，而且問題在於風險很大。針對這點去進攻的話，說不定可以說服他。」

比起會為了信仰赴死的勇者，貪婪的樞機卿應該更容易使喚吧。

「菈本姐並沒有思想，她只是愛著梵，為了梵而行動。」

「既然如此，讓她理解到梵會有生命危險，應該也有可能說服她。」

倘若能夠以「若要守護心愛的人該怎麼做」這樣的角度讓她接受，她說不定會站在我們這邊。

「先說服梵的夥伴們。然後大家一起讓梵成為為人們奮鬥的『勇者』，而不是為戴密斯神奉獻的『勇者』。目前的方針就是這樣了吧。」

「既然如此，還沒有採取敵對行為的我，以及長相尚未被看過的莉特小姐就很重要了呢。」

之前一直保持沉默的媞瑟說。

我的內心有些許動搖。

「沒問題啦，我也是曾經被稱作英雄莉特的冒險者啊。」

「可是這次的對手是『勇者』，還有他的夥伴……很難對付喔。」

「你是在為我擔心吧？可是啊，雷德。就像雷德會為我擔心一樣，我也很擔心雷德和露緹喔！我也想要成為你們的助力。」

「……也對。抱歉，我剛才的判斷太不冷靜了。」

「沒關係。雖然我喜歡以前的你，不過我也超級喜歡現在很溫柔的你喔。」

莉特這麼說並笑了出來。

明明是在這種狀況下，莉特的笑容依舊很美，讓我不禁怦然心動。

「看來你們倆的關係進展得更深了呢。」

愛絲妲笑著說。

「抱歉，明明在討論很重要的事，我不自覺就……」

「不會，別在意。戀愛是件好事。」

對於愛絲妲的態度，達南的面容不知何時從不爽的表情轉為驚訝的神情。

「露緹、吉迪恩、媞瑟、莉特和蒂奧德萊，你們都變了啊。沒變的就只有我和亞蘭朵菈菈而已嗎？」

「哎呀，現在的我也是過著慢生活的和平高等妖精喔。」

「喂，我可是看到妳前陣子變裝參加了佐爾丹競技場喔。妳不是沒用武器也不用魔法，赤手空拳就把競技場第三名的操槍能手打得落花流水嗎？妳就是有辦法讓和平與鬥爭同時存在的類型，根本一點也沒變吧？」

「啊，原來你看到啦。」

亞蘭朵菈菈害臊似的別開目光。

這個高等妖精真的做了很多不同的事情耶。

「不過改變也並非不好的事。」

達南的表情忽然變得相當認真。

「這次的戰鬥沒辦法像以前那樣把對手殺死就收尾吧？而是該追求與以前的我們不一樣的強大。我完全不知道該怎麼做才好。」

就像達南說得一樣，這會是和以前不一樣的戰鬥。

「我們以前的戰鬥是為了讓露緹從『勇者』的加護中獲得解放……這次的戰鬥則是反過來，要引導梵成為真正的勇者，讓他了解勇者該有的處世態度。」

儘管不跟「勇者」梵扯上關係就能解決問題的話最好……看來我沒辦法避免與新一代的「勇者」對決。

「引導者」與「勇者」。

與其說是命運的安排，這會不會也是戴密斯神的意志所造成的呢——我感覺到這樣的不安。

就算是這樣，我要做的事情也不會變。

「這次……一定要贏！」

「「「好！」」」

我出聲發願後，大家都以強而有力的吆喝聲予以回應。

真是令人放心的一群夥伴。

＊　＊　＊

傍晚，佐爾丹——

雷德&莉特藥草店。

「我回來了～！」

「我回來了。」

我和莉特久違地回到我們的家。

「亞蘭朵菈菈幫我們顧店，店裡就真的一點灰塵也沒有耶。」

「畢竟亞蘭朵菈菈很愛乾淨啊。」

「不知道銷售額怎麼樣呢？你覺得亞蘭朵菈菈知道帳簿怎麼寫嗎？啊～可是之前在

忙梵的事情，說不定她沒有寫到帳簿上呢！」

「亞蘭朵菈菈以前可是開花店的喔，她也知道帳簿怎麼寫啦。」

「對喔！啊，店裡的藥少了滿多的呢。亞蘭朵菈菈對藥草很熟，但她沒有鍊金術技能，做得出來的藥物很有限，這也沒辦法吧。」

莉特一臉興奮的模樣，開心地調查店裡頭的情況。

看見她那個樣子，我莫名地湧起一股幸福的情緒。

「雖然在聖杜蘭特村放假也很快樂，果然還是我們的家會讓人靜下心呢。」

「嗯！因為這裡是我和雷德的歸宿啊！」

我將莉特擁進懷裡。

莉特繞到我背後的手臂也緊緊抱住我的身體。

這樣的佐爾丹是我想要守護的世界。

就算「勇者」加護再次阻擋我們，就算那是神的意志所驅使，我都絕對不會退讓。

感受著柔軟又溫暖的莉特，我如此下定決心。

後記

非常感謝翻閱本書的各位讀者！我是作者ざっぽん。

怎麼會這樣呢，這次由於頁數的關係，後記只有一頁的篇幅（註：此為日本原書的狀況）可使用。明明應該要像Episode.0報告過得一樣，要在本傳後記搶先告訴各位改編動畫與遊戲的事情！因此，雖然有些讀者可能已經知道了，這部作品將會改編成動畫與電腦遊戲！

真是太好了呢！

能有這樣的成就，都要歸功於各位讀者對這部作品的支持。真的非常感謝各位。

那麼這裡也來稍微聊一下第八集的內容。

本集開始進入新的篇章，新「勇者」梵與他的夥伴們將會登場。

強烈肯定這個世界的運作方式與加護，與露緹完全相反的「勇者」。他的夥伴是貪婪的樞機卿、盲目地愛著他的仙靈，還有飽經風霜的覆面騎士……

新勇者們將會與雷德他們展開什麼樣的對峙，就請各位期待以「勇者」為主題的第九集！

2021年　寫於暖氣的熱氣溫暖著自己時　ざっぽん

我是やすも！
這次也擔任插畫的部分！
今後也請大家多多關照！

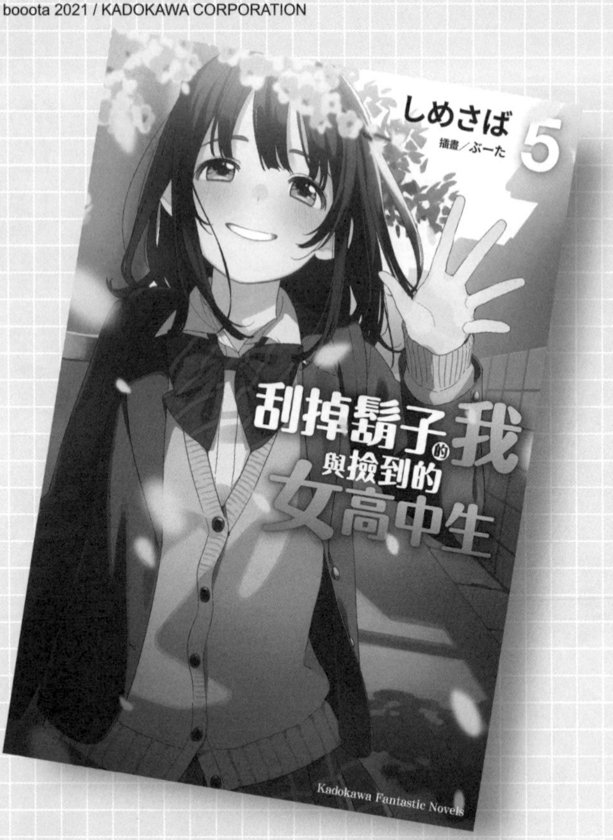

刮掉鬍子的我與撿到的女高中生 1~5（完）

作者：しめさば　插畫：ぶーた

「吉田先生，能遇見你這位有鬍渣的上班族實在太好了。」
上班族與女高中生的同居戀愛喜劇，堂堂完結！

吉田和沙優前往北海道，意味著稍稍延後的別離已然到來。在那之前，沙優表示「想順便經過高中」——導致她無法當個普通女高中生的事發現場。沙優終於要面對讓她不惜蹺家，一直避免正視的往事。而為了推動沙優前進，吉田爬上夜晚學校的階梯……

各 **NT$200~250/HK$67~83**

紙城境介
插畫／たかやKi

繼母的拖油瓶是我的前女友
世界上獨一無二的你
5

Kadokawa Fantastic Novels

繼母的拖油瓶是我的前女友 1~5 待續

作者：紙城境介　插畫：たかやKi

純真無悔的單相思，
以及再次萌芽的初戀將會如何發展──？

自從結女在夏日祭典確定了自己的感情後，兩人變得更加在意彼此。而當暑假將近尾聲，照慣例泡在水斗房間的伊佐奈，不慎被結女母親撞見她與水斗的嬉鬧場面，在眾人眼中升級成了「現任女友」！然後，伊佐奈與水斗的傳聞，進一步傳遍新學期的高中……

各 **NT$220~250/HK$73~83**

國家圖書館出版品預行編目資料

因為不是真正的夥伴而被逐出勇者隊伍，流落到邊境展開慢活人生 / ざっぽん作；李君暉譯．-- 初版．-- 臺北市：臺灣角川股份有限公司，2022.03-

冊；　公分．-- (Kadokawa fantastic novels)

譯自：真の仲間じゃないと勇者のパーティーを追い出されたので、辺境でスローライフすることにしました

ISBN 978-626-321-276-3(第 8 冊：平裝)

861.57　　111000481

Kadokawa
Fantastic
Novels

因為不是真正的夥伴而被逐出勇者隊伍，流落到邊境展開慢活人生 8

（原著名：真の仲間じゃないと勇者のパーティーを追い出されたので、辺境でスローライフすることにしました 8）

2022年3月28日　初版第1刷發行

作　　者：ざっぽん
插　　畫：やすも
譯　　者：李君暉

發 行 人：岩崎剛人
總 編 輯：蔡佩芬
編　　輯：彭曉凡
美術設計：李思穎
印　　務：李明修（主任）、張加恩（主任）、張凱棋

發 行 所：台灣角川股份有限公司
地　　址：104台北市中山區松江路223號3樓
電　　話：（02）2515-3000
傳　　真：（02）2515-0033
網　　址：www.kadokawa.com.tw
劃撥帳戶：台灣角川股份有限公司
劃撥帳號：19487412
法律顧問：有澤法律事務所
製　　版：巨茂科技印刷有限公司
ISBN：978-626-321-276-3